JON J MUTH

nach dem Film
M – EINE STADT SUCHT EINEN MÖRDER von Fritz Lang
Drehbuch von Thea Harbou und Fritz Lang

JON J MUTH

Der Amerikaner Jon J Muth gehört zu den Pionieren der Graphic Novel
und setzt sich Zeit seines Künstlerlebens für einen artistischen Zugriff
auf das Medium Comic ein. Die New York Times beschrieb seine
Wasserfarben-Illustrationen als „unaufdringlich bahnbrechend".
Muth schrieb und bebilderte zahlreiche Kinderbücher. Unter anderem
illustrierte er „A Family of Poems", einen Gedichtband für Kinder von
der John F. Kennedy-Tocher Caroline Kennedy, eines der meist
verkauften Kinderbücher der letzten Jahre.

Impressum: Die deutsche Ausgabe von M – EINE STADT SUCHT EINEN
MÖRDER wird herausgegeben von Amigo Grafik, Teinacher Straße 42,
71634 Ludwigsburg. Herausgeber: Andreas Mergenthaler &
Hardy Hellstern; Redaktion: Jochen Ecke und Filip Kolek;
Redaktionelle Mitarbeit: Georg Seeßlen; Lettering: Amigo Grafik;
Druck: Druck- & Medienzentrum Gerlingen.

ISBN: 978-3-941248-20-5
www.cross-cult.de

Juni 2009 PRINTED IN GERMANY

FÜR MEINE FAMILIE
Bonnie, Nikolai, Adelaine, Leo und Molly

An dieser Stelle möchte ich den unzähligen Menschen danken, die diese Graphic Novel erst möglich gemacht haben. Fritz Lang hat für seine filmische Vorgabe sechs Wochen gebraucht. Ich habe zwei Jahre an diesem Buch gezeichnet. In dieser Zeit standen mir mit Enthusiasmus und Rat die unten aufgeführten Menschen zur Seite.

Als Allererstes möchte ich Steve Niles danken, der mich überhaupt erst auf die Idee zu dieser Adaption gebracht hat, Alan Spiegel, der Himmel und Hölle in Bewegung gesetzt hat, um sie zu realisieren, Tara Day, die mich zu den ausschlaggebenden ersten Bildern inspiriert hat, und Julianna für ihre nie versiegende Begeisterung für das Unterfangen. Dank auch an Stacey Woolley, Kevin Eastman und Riley Humler für ihre Unterstützung. Und ich kann mich nicht genug vor Jim Hernandez verbeugen, meinem guten, zu früh von uns gegangenem Freund.

Die ursprüngliche Ausgabe von „M" litt unter zahlreichen Unzulänglichleiten in der Reproduktion meiner gemalten Vorlagen. Mein Dank geht also auch an Anet Sirna-Bruder und Alison Gervais für ihre unendliche Sorgfalt und Arbeit bei der Entstehung dieser gesammelten, überarbeiteten Edition und an E.Y. Lee für ihre herausragenden Layout-Fähigkeiten. Meine aufrichtige Wertschätzung spreche ich den Herausgebern Charlie Kochman und Michael Jacobs aus, die dieses Buch wieder zu neuem Leben erweckt haben.

Menschen, die mich während der Entstehung von „M" mit Worten und Taten unterstützt haben:

Tara K. Daly („Elsie Beckmann"), Daniel Hartz, Stacie Hartz, Lori Hartz, Julianna Muth, Carolyn Jones, Ballard Borich, Tyler Borich, Terry Boyle, Claire Boyle, Pete Olsen, Mike Johnson, Randy Sandler, Stuart Woolley („Inspektor Lohmann"), Catharine Score, Andrew Gross, Jennie Rubenstein, Rick Adams, Allen Spiegel („Der Schränker"), Lenny Rubenstein, Chris Claremont, Archie Goodwin, Barry Windsor-Smith, Walt Simonson, Roy Simonson, Allen Milgrom, Stacey Woolley, Brian Bolten, Riley Humler, Elizabeth Muth, Faith Cole, Givon Struble, Jamie Tolagson, Steve Niles, Jeffrey Muth, Rica Borich, Mike Hahn, Karl Schneider, Demian Humler, Jon Bray, Philip Nutman, Mark Bodé, Tim Boyle, Kevin Eastman, Annamarie Borich, Jim Hernandez („Inspektor Joseph Reich"), Dave Sofranko, Abe Hartz. Amanda Collier, Richard Katz, Charlie Spiegel, Weezie Simonson, Anna Perches, Ruth Rubenstein und Valerie Jones.

Ohne die Hilfe und die Großzügigkeit dieser Menschen hätte ich das Buch nicht stemmen können. Es gibt nicht genug Worte auf der Welt, um meine Dankbarkeit dafür auszudrücken, dass sie die Figuren dieser Geschichte mit Leben erfüllt haben. Ich hoffe, sie hatten ebensolchen Spaß, an dem Projekt mitzuwirken wie ich.

Danke.

Bilder für den Mörder

von Georg Seeßlen

I. DER SCHWARZE MANN

ZITRONE, BANANE… Es war der „schwarze Mann", der uns seinen Schatten in die Kindheit warf. Noch vor den Atombomben und Autounfällen. Neben Höllen-Drohungen im Religionsunterricht und Monstern in den Comics. Von ihm erreichte uns nur ein warnendes Raunen; das Schrecklichste an ihm war, dass er, wahrscheinlich, das Aussehen eines gewöhnlichen netten Onkels hatte. Er würde uns mit einer Tüte Bonbons in ein Auto locken, würde uns Spielzeug in seiner Wohnung versprechen, würde vorgeben, uns etwas ganz Schönes zu zeigen. Dieser böse Mann konnte überall erscheinen, auf dem Spielplatz oder auf dem Schulweg. Nur zuhause, das machte man uns klar, wären wir sicher.

Zitrone, Banane, an der Ecke steht ein Mann/ Zitrone, Banane, der lockt die Kinder an/Zitrone, Banane, er nimmt sie mit nach Haus/Zitrone, Banane, er zieht sie nackig aus… Weiter weiß ich das Lied nicht mehr, ich weiß nicht einmal, ob es überhaupt weiter ging. Es gehörte zum Wesen des bösen Mannes, dass alles, was ihn betraf, irgendwo in Dunkelheit und Schweigen führte. (Auch der Film „M – Eine Stadt sucht einen Mörder", auch die Graphic Novel „M" beginnen mit einem Lied, das Kinder singen, halb provozierend, halb um die eigene Furcht zu bannen. Werden böse Männer durch Lieder angelockt?)

Die Lehrer zeigten uns, da auch sie nicht von der wahren Natur des bösen Mannes sprechen konnten, amtlich empfohlene Lehrfilme. In denen sahen wir feiste Hände, die Süßigkeiten aus den Türen von Luxusautos reichten, und wir sahen das blaue „Fußweg"-Schild, auf dem ein Mann mit einem Mädchen an der Hand davon geht. (Diesem Schild blieb der unheimliche Schauer dieser perversen Assoziations-Einstellung: Fußwege blieben uns ein so bedrohlicher Ort, dass wir sie mieden und zu natürlichen Verletzern der „Rasen nicht betreten"-Regeln wurden.) Der böse Onkel aber hatte nie ein Gesicht.

Worte wie „sexueller Missbrauch" gab es damals noch nicht. Schon gar nicht die Vorstellung von einem elektronischen Netz, in dem Bilder davon kursieren könnten. Der schwarze Mann würde uns tot machen. Aber da musste noch anderes, Verbotenes sein, Zitrone, Banane. Klammheimliche Neugier, aber auch die Lust daran, die Erwachsenen zu provozieren, die vielleicht etwas verheimlichten, vielleicht aber auch nur dumm waren. Wie sollten sie uns beschützen vor einer Bedrohung, von der sie nicht sprechen und die sie nicht zeigen konnten? Keine Bilder, keine Worte. Zitrone, Banane.

So half wieder einmal das Kino, wo Schweigegebot und Bilderverbot herrschen. Im März 1960 wurde Fritz Langs „M – Eine Stadt sucht einen Mörder" aus dem Jahr 1931 noch einmal herausgebracht, wenn auch in einer um fast ein Viertel gekürzten Fassung. Er schien, abgesehen von ein paar Anzügen und Schaufenster-Auslagen, moderner als das meiste, was wir sonst zu sehen bekamen.

Der andere Film, der vom schwarzen Mann erzählte, konnte davon unterschiedener nicht sein. Es war die Dürrenmatt-Verfilmung „Es geschah am hellichten Tag", in dem Heinz Rühmann den besessenen Kommissar auf der Suche nach dem Kindermörder spielte, den Gert Fröbe als von einer furchtbaren Ehefrau (Berta Drews) gepeinigtes Riesenkind gab. Ladislao Vajda hatte den Film 1958 gedreht, als deutsch-schweizerisch-spanische Koproduktion. Beide Filme waren natürlich für Kinder verboten. Aber direkt oder indirekt erreichten uns ihre Bilder doch.

Der böse Mann, das war offensichtlich ein Getriebener, einer der nicht anders konnte (übrigens schwer vorstellbar anders als in schwarzweiß), ein kindisches Monster, eine Nicht-Person. Peter Lorre und Gert Fröbe hatten auf sehr verschiedene Weise die Unschuld des Bösen berührt. Der eine, dieser kleine, glubschäugige, feiste und doch auf seltsame Weise elegante Mann, der von einer Melodie begleitet wird, „Peer Gynt", das Motiv aus der Geschichte vom Bauernsohn, der sich durch die Welt treibt als Lügner und Verbrecher. Am Ende versucht sich Peer Gynt, beim letzten Kampf um seine Seele, damit zu verteidigen, er sei wie eine Zwiebel, er habe „viele Häute, aber keinen Kern". Kein Ich, nirgends. Die Musik hat diesen schwarzen Mann schon halb verraten.

Und der andere: Ein massiger Mann von ungeschlachtem Benehmen, ganz und gar am falschen Ort und wie im Gefängnis im reichen Haus seiner Frau. Einer, der sich so sehr zu viel ist, wie sich der Peter Lorre aus „M" zu wenig ist. Ein körperlicher Tick begleitet ihn, er reibt seine Hände, wenn dieses „Es" wiederkommt, das auch der Beckert aus „M" so benennt. Als wären nun die beiden bösen Männer aus den Märchen getreten um die Leerstelle zu füllen: Der Zwerg und der Riese.

In „Es geschah am helllichten Tag" blieb freilich der böse Mann eher außen vor. Wir jagten ihn mit dem Kommissar und wir bangten um das Mädchen, das dieser als Lockvogel benutzte. Nicht dem Mörder galt die Aufmerksamkeit hauptsächlich, sondern der merkwürdigen Besessenheit des Polizisten, der ihn nicht fangen kann. Auch „M" erzählt mehr als vom Täter von der Jagd auf ihn, aber der Film war da schon wesentlich komplizierter, man zieht uns da ja nicht umsonst in eine Verhandlung gegen den Untäter hinein, und auch wenn die statt vor einem öffentlichen Gericht vor einem Tribunal der Unterwelt stattfindet, muss man doch das Problem sehen, das im Juristendeutsch dann „Schuldfähigkeit" heißt. Kann das Monster etwas dafür, dass es ein Monster ist? Oder versteckt ein Mensch sein böses Begehren hinter der Inszenierung seiner Monstrosität? Und in die Frage nach dem freien Willen, der Verantwortlichkeit, nach dem sozialen und dem moralischen Sinn der Strafe mischt sich das Hitchcock'sche Spiel mit der Identifikation. Bangen wir etwa, wenn auch nur für ein paar Einstellungen, mit dem Mörder? Für einen Augenblick führt der Weg in die Seele des Mörders. Vor allem aber führt er in die Stadt, die den Mörder sucht. Unter anderem, weil sie ihn hervorgebracht hat.

Und darum wurde aus dem Schwarz-Weiß von „M – Eine Stadt sucht einen Mörder" immer mehr ein Ineinander von verschiedensten Grautönen, während „Es geschah am helllichten Tag", der sehr grau beginnt, immer mehr ein Schwarz-Weiß-Film wird.

II. ARCHITEKTUR UND ZIRKUS

FRITZ LANG, SO SAGT MAN, habe die Objekte und Architekturen mit großer Zärtlichkeit gefilmt, und die Menschen dagegen wie Dinge behandelt. In seinen großen Stummfilmen jedenfalls, in „Die Nibelungen", „Metropolis" und „Die Frau im Mond", spielen Räume, Bauten und Techniken die Hauptrolle. Das Ornamentale in diesen Filmen macht noch heute staunen, auch weil man weiß, dass man es im Zeitalter der Compter Aided Imagery in solcher Materialität nicht mehr wiederholen kann.

In seinem ersten Tonfilm allerdings wollte der Regisseur einen neuen Weg beschreiten: „Nach den großen Fresken interessierte ich mich für menschliche Wesen, für die Beweggründe ihrer Handlungen". Und diese Frage stellt sich zweimal auf ganz unterschiedliche Weise, einmal in Bezug auf den Täter, der seinen mörderischen Trieb als einen äußeren Zwang beschreibt, so, als wäre er selber noch einmal hinter sich, gejagt vom eigenen Dämon, und einmal in Bezug auf die Vertreter der sozialen Ordnungen, der Polizei und der Gangster, die ein Interesse an seiner Verfolgung haben. Zwei Formen von Gewalt. Natürlich ist der Kindermörder viel schrecklicher, aber Angst machen auch die Organisationen der Gangster und der Polizisten. Dazwischen aber gibt es kaum „unschuldige" Opfer, abgesehen von den Kindern selbst, sympathisch oder wenigstens vertrauenerweckend erscheint hier kaum jemand. (Das ist, was das skandalöse Sujet des Films anbelangt, vielleicht sogar notwendig, denn mit mehr Empathie wäre die Bedrohung vielleicht einfach nicht mehr auszuhalten.) Extreme Formen des Menschlichen und des Gesellschaftlichen, Gier, Wahn, Interesse, Hysterie, Korruption. In eine Beziehung zueinander gebracht, wie es nur dieser Filmemacher konnte. Also nicht nur eine Beziehung der Geschichte und der Personen, sondern auch eine Beziehung der Zeichen.

Er entstamme, so Fritz Lang, „einer durchaus bürgerlichen Familie als einziger Sohn des Architekten Anton Lang und meiner im mährischen Brünn geborenen Mutter Paula". Der Vater wird durch den Beruf beschrieben, die Mutter durch das Herkommen. Das betont wohl schon die beiden Wurzeln: Eine väterliche Seh- und Konstruktionsweise, das Architektonische, das streng Geordnete, das Gegliederte, das Fritz Lang auch als Regisseur immer verwendet hat, manchmal durchaus obsessiv. Und eine mütterliche Heimat, die für immer im Ungefähren bleibt. Aus böhmischen Wäldern, in denen man sich schaurige Geschichten erzählt.

Bald schon ist Lang „durchgebrannt" vom „gutsituierten" aber offensichtlich beengenden Elternhaus. Er kommt von Wien nach Berlin, um seiner „wahren Berufung", der Kunst zu folgen. Dazwischen liegen Abenteuer in Holland, Belgien, Afrika: Er ist Zeichner, Kunstschütze, Conferencier im Zirkus. Den Krieg erlebt er als Freiwilliger im österreichischen Heer. Auf die allerdirekteste Weise erlebt er

dabei den Zusammenbruch eines großen Reiches und seiner Ordnungen. Fritz Langs Filme sind Filme über den Zusammenbruch der bürgerlichen Welt.

Das Chaos und die Ordnung, Schicksal und Entscheidung, das sind „ur-filmische" Probleme, aber niemand behandelt sie in jeder einzelnen Einstellung so fundamental wie Fritz Lang. Sie sind, genauer gesagt, nicht nur im Film „behandelt", sie sind der Film selber. Chaos und Ordnung sind die Bild-Elemente, die Lang immer wieder neu organisiert. Das geht wahrscheinlich nur, wenn man den Konflikt tief in sich selber hat. Eine Art innerer Zirkus, einstürzende Bauten der Seele. Und niemand kann die faszinierende Fremdheit einer Stadt so deutlich zeigen. Sie ist Raum und Kulisse, und was hier geschieht, vollzieht sich gern in Form von „Auftritten". Der Gangster in „M", wie auch der Polizist, liebt solche Auftritte.

Fritz Lang *schreibt* zunächst für den Film, Geschichten, die für dieses Medium nicht historisch und nicht seelisch, sondern räumlich gegliedert sind, vom wuchernd organischen Unten, aus dem die geheimen Mächte des Bösen steigen, in die klaren aber fragilen Bauten nach oben. Das ist pure Kolportage und bleibt es auch in der Zusammenarbeit mit seiner Schreibpartnerin und Ehefrau Thea von Harbou. Teutonische Pulp Fiction, voller Verschwörungen, Intrigen und Maskeraden. Einerseits. Andererseits macht Lang schon als Autor und dann erst recht als Regisseur etwas ganz anderes daraus. Eine Art Bildermusik.

Nie wird ihn diese Gliederung der Welt auch in seinen Bildern und den Bewegungen darin verlassen, die väterlichen Architekturen über dem mütterlich mährischen Schoß, und beides, die Bauten in den Himmel hinein und das Geschlecht in die Tiefe, ist endlos zu erforschen und endlos suggestiv. Langs Filme, das ist auch die Darstellung der Seele nach Freud: Das ES (das bewusstlose Begehren), das

ÜBER-ICH (die drohende, strafende Instanz) und das ICH (die freie, entscheidende Person). Nur dass dies bei Lang, anders als, sagen wir bei Hitchcock, diese seelischen Instanzen nicht in einzelnen Personen ausgedrückt sind, sondern in den Ornamenten, die sie bilden (immer wieder: der Kreis, das Rechteck, die Spitze, und immer wieder: das Element, das diese geometrische Figur durchbricht). Eine „Bildsprache" nennt man das wohl. Jedenfalls weiß man nach ein paar Einstellungen: Wir sind in der Fritz Lang-Welt aus Zirkus und Architektur.

Wo ES war soll ICH werden! Sagt Freud. Schön wäre es. In der Verhandlungs-Szene schreit der Mörder heraus, dass er nicht Ich hat werden können. Deswegen kann er nicht verantwortlich sein, für das, was er tat. Und das ÜBER-ICH, doppelgesichtig Gangster und Polizist, sagt nur: Das muss weg, eliminiert, ausgerottet werden. Insbesondere der Schänker, den Gustav Gründgens gibt, spricht da Sätze, die verdächtig nach den Nazis klingen, vor denen Fritz Lang in seinem nächsten Film, dem „Dr. Mabuse", warnen wollte. Es ist der prekäre Moment, wo der Mörder zum Ausgestoßenen wird, so wie er vorher seine Opfer gesucht hat unter den Kindern, die den Kreis verlassen haben. Da ist uns klar, dass die Stadt, die den Mörder sucht, nur die architektonische Überhöhung des Mörders sein kann, der das Opfer sucht.

Das Modell aller Fritz Lang-Filme: Das Interesse des architektonischen und sozialen Raums im Widerspruch zum Begehren und zur Deformation der Körper (und Seelen). Früher oder später wird in jedem Lang-Film das Gebäude, die Stadt, die Technik von menschlichen Körpern „überflutet", früher oder später geht der Körper an der Stadt oder die Stadt am Körper zugrunde. ES und ÜBER-ICH prallen aufeinander. Und ICH kann und kann nicht werden.

In „M — Eine Stadt sucht einen Mörder" hat Lang diese beiden Elemente von ihren äußersten Enden her beschrieben: Das körperliche Begehren und die seelische Deformation in ihrer furchtbarsten Art, in der des „schwarzen Mannes", und die Stadt als soziales System, als Aktionsgebiet von Männerbünden. Die Frauen, wir haben es am Anfang gesehen, sind verhärmt, allein gelassen, sie gehören der Fritz-Lang-Stadt gar nicht wirklich an.

Aber wo ist der Autor? An der Oberfläche hat Fritz Lang so etwas wie einen „Aufklärungsfilm" im Sinne gehabt, eine Mahnung, die am Ende ganz direkt und ein wenig aufgesetzt noch einmal formuliert wird: Man soll auf die Kinder besser Acht geben. Aber wir haben im ganzen Film niemanden gesehen, der das könnte oder wollte. So wäre, ziemlich tückisch, in dieser Aufforderung auch eine ganz andere verborgen: Um die Kinder zu schützen, müsste sich die Gesellschaft ändern.

Aber Fritz Lang ist noch viel tiefer involviert; er ist Verfolgter und Verfolger zugleich, lässt uns Suspense, Schrecken und Mitleid an ganz unterschiedlichen Orten und mit ganz unterschiedlichen Personen erleben. Dauernd ändert man die Perspektive, identifiziert sich mit der einen oder der anderen Partei, um sich dann gleich wieder erschreckt zu distanzieren. Man möchte „das Monster" zugleich verurteilen und kann es nicht in dem Maße, wie es sich das Gericht der Gangster vorstellt; man möchte sich der Rationalität der Verfolger, der Polizei wie der Unterwelt, anschließen und nur noch hoffen, dass der Unhold beseitigt wird, und man kann auch das nicht zur letzten Konsequenz. Die Irritation wirkt weiter.

III. REENACTMENT

„M" VON JON J MUTH ist nicht nur eine malerische Umsetzung des Stoffes in die Form einer mehr oder weniger fotorealistischen Graphic Novel, die vierteilige Serie geht vielmehr zunächst auf eine fotografische Nach-Inszenierung zurück. Für den künstlerischen Prozess ist dieser Zwischenschritt viel mehr als nur ein „Hilfsmittel" zur Erzielung möglichst natürlicher Mimik und Gestik, es ist auch eine Form von Aneignung und Bewusstsein. Ein fotografisches Reenactment, bei dem zugleich die Personen und der Plot und die Einstellungen und Auflösungen der einzelnen Film-Szenen erprobt und „untersucht" werden.

Wir wissen zunächst, dass es, bevor der malerische Prozess Stimmungen und Zeitkolorit erzeugt, *heutige Menschen* sind, die in die Rollen des Films „M" schlüpfen. Schon dies ergibt eine ganz eigenartige, expressive Wirkung. Das „Reenactment", das zunächst entwickelt wurde als ein Nachspielen oder eine „Wiederbetätigung" als Mittel zur historischen Erkenntnis (also: Wir wollen nicht nur wissen, welche Instrumente sich Menschen der Bronzezeit geschaffen haben, wir wollen auch wissen, wie sie sich gefühlt haben, wenn sie sie benutzten), ist eigentlich ein genuin filmisches Mittel. Der Philosoph Robin George Collingwood schlug das Reenactment als „Konzept der Wiederbetätigung als allgemeinen Modus des Verstehens" vor. Und wenn Collingwood behauptet, wir könnten Geschichte nur verstehen, indem wir sie als „Wiedererleben" in uns erneuern (was gewiss über das übliche Ritterspiel und Nachstellen berühmter Schlachten hinausgeht), so könnte man auch behaupten, man könnte Geschichten nur verstehen, indem wir sie „wiedererleben".

Jon J Muth also hat seine Freunde weniger als Schauspieler oder gar Charaktere eingesetzt, sondern als Subjekte des Reenactmens. Das heißt, es geht nicht darum, so zu blicken, wie Peter Lorre in Fritz Langs Film „M" geblickt hat, sondern es geht darum, zu schauen, wie ein ertappter Mörder schaut. Es geht um fundamentale Ausdrucksformen in bestimmten Situationen, die in diesem Zusammenhang nicht von der Geschichte, sondern von einem Film und seinem Plot (aber eben auch von der Geschichte seiner Wirkung) vorgegeben werden. Das ist, nebenbei gesagt, auch eine sehr intime und eine sehr körperliche Angelegenheit, was sich dementsprechend direkt auch in die Bilder selber fortsetzt: Während des „Lesens" der Graphic Novel hat man das Gefühl sehr persönlich, sehr nahe, sehr subjektiv in das Geschehen einbezogen zu sein: Vielleicht ist man sogar selber Teil eines psychologischen Reenactments.

Fritz Langs Film wird also nicht „nachgemalt", sondern erst einmal nacherlebt.

Das Fotografische ergibt dabei eine Kontinuität der Personen, ganz ohne jene selbst bei großen Comic-Zeichnern unvermeidlichen kleinen Abweichungen in der Physiognomie und ganz ohne den naturgemäßen Hang zur Karikatur. Auf diese Weise ist das Filmische in die Graphic Novel gerettet, und dies glücklicherweise ohne dass man auf ein direktes Zitieren der Film-Personen zurückgreifen müsste. Die Grundlage der Graphic Novel „M" ist nicht der Film „M", sondern ein fotografisches Remake, oder eine als Abfolge von Stills inszeniertes Reenactment (danach folgte eine zeichnerische Bearbeitung, bevor die endgültige, die malerische Form entstand).

Der malerische Prozess nun, mit dem die fotografische Realität bearbeitet und in den Zusammenhang der Handlung und der Architektur gestellt wird, überträgt Stimmungen und Atmosphäre und erzeugt dabei auch eine gewisse Autonomie der Einzelbilder. Das Malerische benutzt das Reenactment als Material und reduziert es wieder auf das Wesentliche. Der fotografische Realismus bleibt zwar erhalten, ist aber nicht mehr der zentrale Effekt. (Insofern ist der Begriff „Fotorealismus" in diesem Zusammenhang auch irreführend: Es geht ja nicht um eine Malerei, die fotografischen Realismus vortäuscht oder imitiert, sondern es geht umgekehrt um das Malerische, das auf Fotografie reagiert, das dem Reenactment ein zweites Leben verleiht.)

Schließlich gibt es eine Abfolge von farblichen Spezialeffekten, die bestimmte Bedeutungen erzeugen (etwa der rote Schirm Hans Beckerts, der wiederkehrt direkt als Indiz für den verfolgenden Polizisten, die rote Tinte, mit der er seine Briefe schreibt, und in der die „Peer Gynt"-Melodie notiert ist, oder das Grün der Äpfel, das in Luftballons und in der Farbe der Stadtpläne wiederkehrt), die aber auch eine kompositorische Wirkung entfalten: Muth setzt die Farben ein wie ein Komponist, der ein sehr spezielles Instrument sparsam und daher umso eindrucksvoller verwendet. Das zentrale Motiv von Fritz Lang, die Frage, ob der Mörder unter Zwang oder in freiem Willen handelt, spiegelt sich in der Verhandlungs-Szene bei Muth noch einmal in sublimer Weise: Während Beckers verzweifelter Verteidigung schwindet das rote Luftballon-Gespenst, während wir den grünen Schimmer in seinen Augen sehen. (Wahrscheinlich könnte man sogar behaupten, Muth setze die Farb-Akzente etwa so ein, wie Fritz Lang die Sound-Effekte einsetzt.)

Eine der grandiosen Wirkungen von Muths „M" ist also die Auflösung der Grenzen zwischen den Medien. Ist es Film? Ist es Fotografie? Ist es Zeichnung? Ist es Malerei? Ist es Montage? Ist es Komposition? Ist es Comic? Ist es Roman? Es ist ein Dialog zwischen allen diesen Kunst-Formen. Und daher auch etwas ganz Neues.

IV. VOM FILM ZUR GRAPHIC NOVEL

WAS IST DER SINN eines grafischen „Remakes" von Fritz Langs Film, der zum Kanon der Cineasten ebenso gehört wie er zum Schlüssel für allerlei Seminararbeiten im Spannungsfeld von Film, Psychologie und Soziologie wurde? An ein regelrechtes Remake im Film hat, glücklicherweise, noch niemand gedacht. Einerseits, weil man diesen Film einfach nicht besser machen kann. Andrerseits, weil man ihn später anders hätte erzählen müssen. Denn „M — eine Stadt sucht einen Mörder" ist unter vielem anderen ja auch ein sehr genaues Zeitbild, übrigens auch voller satirischer Elemente, voll böser Karikaturen

von Bürgern, die sich gegenseitig mit Missgunst und Argwohn belauern, und die nur zu warten scheinen auf eine Gelegenheit für Pogrom und Lynchjustiz (Fritz Langs erster amerikanischer Film, „Fury", hat genau das zum Thema). Aber ein Comic-Remake hat größere Freiheiten im Umgang mit seinem Vorbild, auch die Freiheit, ihm sehr nahe zu kommen.

Zum einen geht es natürlich um eine Übertragung zwischen zwei Medien. Wenn sich auch die Panels von Comics und die Einstellungen bei einer szenischen Auflösung im Kino-Film durchaus ähneln, so gibt es doch auch wichtige Unterschiede. Da ist zum einen die Unerbittlichkeit der Zeit. Im Film geht es eine Zeitlinie entlang, die zu unterbrechen man zumindest zu Fritz Langs Zeiten nicht vorhatte. Eine Einstellung dauert so lange, wie es der Regisseur bestimmt hat. Im Comic bestimmen wir die Verweildauer bei einer „Einstellung" selber; natürlich treibt uns die Handlungsneugier weiter, aber zur gleichen Zeit verführt uns das Einzelbild zum Bleiben: Gute Comics liest man langsam (gute Filme muss man mehrfach sehen, bis man gewissermaßen ihre Bilder auswendig kennt). Es gibt immer die Konkurrenz zwischen der Handlungsspannung, die uns im Comic vorantreibt, und der Faszination des Einzelbildes, die uns zum Verweilen auffordert. Muths „M"-Variante kostet diesen schönen Widerspruch vollständig aus. Es gibt Bilder, die man sich ohne weiteres als fotorealistische Bilder in einer Ausstellung vorstellen kann, und es gibt Serien-Elemente, die die Aufmerksamkeit von einem zum anderen Bild vorantreiben. Was dabei entsteht ist ein eigentümlicher Schwebezustand der Zeit; man könnte nicht sagen, ob es hier „schnell" oder „langsam" zugeht. Es ist eine Traumzeit, die sich von der linearen Kühle bei Fritz Lang und seinen hochmodernen Gegenschnitten (etwa wenn parallel zueinander die Polizisten und die Gangster ihre Maßnahmen gegen den Mörder beratschlagen) unterscheidet. Vielleicht geht es Muth nicht darum, die Geschichte von „M" noch einmal zu erzählen. Er träumt sie noch einmal.

Weder ein Film-Bild noch ein Comic-Bild ist einem „Gemälde" vergleichbar; in beiden Medien ist das Bild vielmehr eine Frage des Zusammenhangs. Aber immer wieder durchquert die Gestaltung das „Gemäldehafte", und im Comic ist dieses Gemäldehafte auch ein Äquivalent zur „langen Einstellung" des Films. Der Comic intensiviert zum einen und bewahrt zum anderen ein filmisches Erleben. (So kann man paradoxerweise sehr gut mittels eines Comic zeigen, wie ein Film funktioniert, oder mittels eines Films, wie ein Comic funktioniert — und gerade deshalb ist auch die Geschichte von Film und Comic so voller wechselseitiger Missverständnisse.) Das Malerische und das Fotografische sind im Fortgang von „M" nicht etwa stets im gleichen Verhältnis, im Gegenteil, wie mal das eine mal das andere in den Vordergrund tritt, sich überlagert, widerspricht, ergänzt, das ist wesentlicher Teil der Komposition.

Auch Lang gelingt es, durch überlappende Dialoge in den Montagen, durch Stimmen aus dem (relativen) Off einen Fluss zu erzeugen, den Muth durch serielle Panels, überlappende Sprechblasen und Verschachtelungen erzeugt. Beide Medien also demonstrieren mit ihren Mitteln, wie sich das simple „Und dann" einer Erzählung überschreitet.

Um die Graphic Novel „M" zu verstehen, muss man den Film „M" nicht kennen. Aber die schönen Vertracktheiten, die sich durch die verschiedenen Prozesse der Bearbeitung ergeben werden erst durch den Vergleich sichtbar. Keine äußere, wohl aber eine innere Modernisierung hat Muth vorgenommen. Wir wissen: Die Distanz und Kühle, die Fritz Lang angeboten hat, um eine der größten inneren Katastrophen einer Gesellschaft darzustellen, den Kindermord und die kollektive Reaktion darauf, ist nicht mehr möglich. Nicht mehr Zirkus und Architektur, sondern Subjekt und Wahrnehmung füllen die Bilder.

V. BILDER UND BLICKE

BIZARRERWEISE — und das wird uns im Vergleich noch häufiger begegnen — fängt die Graphic Novel „filmischer" an als Fritz Langs Arbeit, die immer wieder gegen die eine oder andere cineastische Konvention verstößt, nämlich mit einem „establishing shot" einer grauen Großstadt im Smog, in der irgendwo das schreckliche Kinderlied vom Mörder mit dem Hackebeil ertönt. Lang dagegen beginnt mit Schwarzfilm, und das erste was wir sehen sind die spielenden und singenden Kinder im Hinterhof. John Muth zeigt übrigens etwas, was bei Langs Film nicht vorkommt, eine Kirche, die in ihrem dräuenden Schwarz mindestens gleich auffallend ist wie die Fabrikschlote. Noch eine verwischte, überdunstete Sonne fügt der Zeichner ein, bevor er Langs Bild vom Kreis der spielenden Kinder zitiert.

Der Kreis ist für Lang das entscheidende Symbol, seine Störung die Katastrophe: „Du bist raus", das enthält schon, wie der schreckliche Abzählreim, das kommende Verhängnis. Der Mörder sucht das Kind heim, das allein ist.

Noch einmal gibt Muth einen anderen Blick: Bevor er (wie Lang) die Kuckucksuhr zeigt, lässt er uns den Blick auf einen Kirchturm und schwarze Vögel, die um den Uhrenturm fliegen, frei. Dann, ein neuerlicher Bruch, erscheint zum ersten Mal der Farb-Effekt im Ball des spielenden (des ausgeschlossenen) Mädchens. Bei der Parallelmontage zwischen dem Mädchen und der Mutter, die den Tisch deckt, verzichtet Muth auf die beiden Elemente, die für Lang von Bedeutung sind: Dass sie aus der Schule kommt, und dass dabei ein „Schutzmann" sie sicher über die gefährliche Straße geleitet. Bei Lang sind das leere Treppenhaus, die leere Dachkammer, der leere Mittagstisch die schrecklichen Bilder der Verschwundenen; bei Muth, nicht minder beeindruckend, der Ruf der Mutter über der Arbeitersiedlung, der Luftballon mit der Clownsgestalt, der in den Drähten der Stromleitung hängt (wieder zeigt der Zeichner dort Baum und

Gestrüpp, wo es für Lang keine Natur gibt).

Bei Muth schreibt Beckert den Brief an die Presse in roter Farbe; er gibt ihm damit (das ist gewiss ein Reflex unserer Erfahrung in der Mediengesellschaft) größere Bedeutung.

Während Lang danach wieder in die Kreise schneidet (hier ein Stammtisch, an dem die schrecklichen Neuigkeiten beredet werden, und der Lang Gelegenheit für eine fast schon Grosz'sche Satire gibt, groteske Spießer, die nur darauf warten, einander zu denunzieren), wendet sich der Blick bei Muth wieder in den wolkenverhangenen, stürmischen Himmel. Und was bei Lang der Mann am Wirtschaftstisch aus der Zeitung liest, neueste Nachrichten vom Mörder, neue Schrecken, das kommt bei Muth aus dem Radiolautsprecher. Kurzum: die klaren Gliederungen von Kreis, Linie und Unterbrechung bei Lang werden hier durch eine atmosphärische, impressionistisch vertikale Struktur ergänzt (Himmel, Kirche und „Äther" spielen diese Rollen). Das Böse liegt buchstäblich in der Luft.

So ähnlich manche Elemente auch in Film und Graphic Novel sind, so unterschiedlich die Wirkung: Lang kehrt immer wieder zur Perspektive einer sozialen Versuchsanordnung zurück; im Ornament wie in der Karikatur schafft er auch immer wieder eine sichere Distanz. Keiner von uns ist eine solche Spießer-Parodie, keiner von uns kommuniziert in solchen Zirkeln, die erscheinen, als wäre das ganze soziale Leben nichts anderes als die Fortsetzung des Auszählreimes im Kinderkreis. Muth dagegen erzeugt eine Innen-Perspektive, und wieder drehen sich da die Verhältnisse um: Langs Spießer- und Gauner-Karikaturen mögen „comic-hafter" sein als Muths Menschen-Impressionen. Jeder von uns könnte (beinahe) jede Rolle von Täter, Opfer, Zeuge und Jäger einnehmen. Im Kino des Fritz Lang gibt es mehr Linien, in der Graphic Novel des Jon J Muth mehr Flächen. Dass der Mörder „einer von uns" ist, das ist bei Muth noch um etliches intensiver spürbar als bei Lang.

Ausgelassen ist erstaunlicherweise auch die visuelle Pointe in der Szene, in der der Mör-

der vor einem Buchladen auf ein neues Opfer wartet, wo im Schaufenster eine Hypnosescheibe und ein auf und ab wippender Pfeil genügend ikonographisches Material lieferten. Stattdessen handelt es sich in der Graphic Novel um einen Spielzeugladen, Fülle statt Indiz. Einmal mehr verzichtet Muth auf visuelle Überdeutlichkeit. Stattdessen fügt er eine Vision von einem toten Mädchen ein. Aus der speziellen semiotischen Beziehung zwischen dem Täter und den Zeichen wird ein Flash des gemeinsamen Albtraums.

Eine spezielle Bild-Inszenierung bietet das Schlussplädoyer des Angeklagten Beckert, der wie sein Vorbild immer wieder versucht, „in die Kamera" zu sehen, aber den Fokus auch immer wieder verliert. Die Szene ist in der Graphic Novel im Vergleich zur filmischen Vorlage gerade umgekehrt aufgelöst: Bei Lang löst sich die ordentliche Verhandlung in individuellen Beziehungen auf, bei Muth stehen zuerst die Personen im Vordergrund, erst am Ende wird das anklagende Kollektiv sichtbar, das „Volk", so einprägsam wie man es aus manchen Filmen von Eisenstein und John Ford kennt. Doch den vom Leiden gezeichneten Gesichtern, die unsere Zuneigung verlangen, widersprechen die mörderischen Forderungen: Das Biest soll sterben. Bei Lang ist der Prozess vor allem eine Inszenierung der Macht. Bei Muth dagegen schleicht sich ein Grauen in die Normalität (nicht umsonst schlüpft der Schränker ja einmal sehr glaubwürdig in die Polizeiuniform).

VI. RELEKTÜRE

MAN KÖNNTE WOHL SAGEN, Muth übersetzt den Lang-Stoff ein wenig in einen Hitchcock-Kontext. An die Stelle der Überdeutlichkeit der sozialen Masken tritt Schattenhaftes; wie bei Hitchcock ist man bei Muth zugleich in einer realen und in einer surrealen Welt. Und Täter und Opfer, vom Verbrechen bis zu seiner Verfolgung, sind äußerlich kaum zu unterscheiden. Die Bedrohung hat bei Lang von Anfang an ein sehr reales Gesicht (es sind, um es historisch auszudrücken, die Menschen, die nach dem verlorenen Krieg und dem Zusammenbruch der großen Ordnungen in der Stadt ums Überleben und den Erhalt der „kleinen Ordnungen" kämpfen), bei Muth dagegen kommt sie aus den Tiefen des Unbewussten, aus der Stadt der Verschmelzungen, vielleicht auch aus Erinnerungen und Projektionen.

Für Fritz Lang ist die Stadt eine Idee, eine Ordnung, für Muth dagegen eine Empfindung, eine Lebensform, die noch bis ins letzte Staubkorn bestimmend ist. Je genauer man sie ansieht, desto mehr verschwimmt sie (vielleicht ist das ja überhaupt ein Wesensmerkmal der Graphic Novel: Die Bilder summieren sich nicht mehr zu einer Meta-Information, wie zum „Kanon" einer Serie, sondern im Gegenteil, sie bewegen sich durch eine Welt der Geheimnisse und zerstören mehr Gewissheit als sie erzeugen). Das Satirische, das bei Lang immer wieder aufscheint (etwa die Bettler, die „Stullen" mit diversen Belägen notieren wie Aktien an der Börse), fehlt bei Muth, dagegen gibt es einen Hauch von Mystery (die wiederkehrenden Vögel über der Stadt, die nicht nur einen vorzüglichen Raum-Effekt erzeugen, sondern auch Todesboten-Assoziationen zwischen van Gogh, Hitchcock und Stephen King).

Spätestens in der Szene, in der der Polizeibeamte mit dem Minister telefoniert wegen des Skandals, den der Brief des Mörders machte, wird klar, dass wir in Muths Welt in „keiner Zeit" sind: Eben noch schienen wir in dem unmittelbaren Zeitabschnitt zwischen den zwei Weltkriegen, wie die Kleidung des zu Unrecht beschuldigten signalisierte, nun scheinen die Telefone eher in die vierziger Jahre zu verweisen; (zeitlos sind ja auch die Polizei-Uniformen der „Bobbies", ganz anders als die preußischen Tschakos bei Lang, die eine sehr dezidierte Zeit beschreiben). Ist es eine Traumstadt, oder eine englische Industriestadt, eine Film-noir- oder eine Edward-Hopper-Stadt? Man kommt um das Wort nicht herum: Postmodern. Die Stadt, die ihre eigene Inszenierung ist, nicht gewachsen

sondern erträumt. Und so ist das Verbrechen, das bei Fritz Lang so offensichtlich ein Symptom der (schlechten) Modernisierung ist (der Verlust der Familien, die labyrinthische Weite, die Anonymität, die Abstraktion der Ordnungen etc.), bei Muth ein Symptom der Entzeitlichung, des Form-Verlustes.

An die Stelle gesellschaftlicher Zeichen treten hier also vor allem psychologische Symbole (Vögel, Ball, Apfel, Schirm etc.). Der Zeugen-Streit um die Farbe der Kleidung des Mädchens (der die Polizisten so ratlos macht) wird bei Lang zwischen zwei älteren Männern, bei Muth zwischen einem Mann und einer Frau geführt. Bei Lang befinden wir uns deutlich in einer Männerwelt, bei Muth tritt das weibliche Element immer wieder hervor. Statt der akribischen Schilderung der Fahndungstechniken bei Lang treten die Empfindungen wie bei der Hetzjagd der Hure durch die Straßen (vorbei an „The Crocodile"), das Zille'sche Milieu, das Lang noch schildert, ist nun Kulisse für das Personal eines film noir geworden. Die Unterwelt, die bei Lang nur aus Karikaturen des bürgerlichen Lebens besteht, die „Verkommenheit" (das „Ungesunde") nicht verbirgt, hat in der Graphic Novel die moralische und erotische Ambiguität, die wir aus amerikanischen Filmen der vierziger Jahre kennen. Selbst die Off-Erzählungen haben mehr Ähnlichkeit mit den unzuverlässigen Erzählern des Film noir als mit der Chronik.

Alle in Fritz Langs Film sind bereit zur Gewalt, bei den Kindern begonnen, über gute Bürger bis zur Politik; selbst in den proletarischen Wohnsiedlungen gibt es kaum freundliche Worte, nicht einmal unter den Frauen, die sich hier in Elend und Alltag einrichten müssen. Die Sorge um die Kinder wäre womöglich eine Form der Einigung, aber genau damit beginnen die Aufbrüche erst recht. Bei Muth dagegen scheinen eher alle vom gleichen Grauen beherrscht; den Titel-Gedanken von Lang — „Eine Stadt sucht einen Mörder" — findet man hier nicht. Auch der dritte Teil, „Jagd", zeigt nichts von der kalten Lust der Menschenjagd (eher die Präzision eines Caper Movies).

Der größte Unterschied freilich liegt in der „Besetzung" der Hauptfiguren. Der Mörder in der Graphic Novel erscheint weicher und „normaler" als der Peter Lorre des Films (den Fritz Lang im Alter von 26 Jahren „entdeckt" hatte und der in seiner Rolle als Hans Beckert einen Standard für die Darstellung von Bösewichten im Film setzte); man könnte überhaupt sagen, das Durchschnittsalter der Protagonisten sei in der Graphic Novel gegenüber dem Film drastisch herunter genommen. Der Schränker andererseits ist das Gegenteil des in jeder Hinsicht „glatten" Gustav Gründgens, der wirkt wie der Manager eines florierenden Unternehmens oder einer Polizei-Organisation. Die sinistre Gestalt mit dem Vollbart erscheint eher wie ein Verschwörer, Vertreter eines Gentleman-Verbrechens. (Nur die schwarzen Handschuhe sind beibehalten.) Definitiv aber haben sich die Wesen der Opfer geändert. Bei Lang sind es eindeutig Kinder, eine sexuelle Ausstrahlung ordnet er ihnen nicht zu. Bei Muth dagegen sind sie ein wenig älter, „Lolita" sieht schon um die Ecke. Ein Nicht-Erwachsener macht Jagd auf Nicht-mehr-Kinder.

Vielleicht sind beides, Fritz Langs Film und die Graphic Novel, Symptome des Übergangs: Fritz Lang hatte seinen Widerstand gegen den Tonfilm nach langer Zeit aufgegeben, sich dann aber ganz auf das neue Medium gestürzt. Das hieß nicht nur den Ton zum Erzählmittel zu machen, sondern auch das expressive Spiel im Stummfilm durch ein Unterspielen, etwas Dokumentarisches im Schauspielstil zu ersetzen. Die Zeitgenossenschaft des Films ist im Nachhinein eher gespenstisch: Als Lang in der Zeppelinhalle von Staacken drehen wollte, wies ihn der Verantwortliche zurück, man wolle nicht, dass ein diskreditierender Film über ihren „Führer" (der Mann war schon Parteimitglied) gedreht würde. Wie er auf solch eine Idee komme? Nun, hieße der Film nicht „Mörder unter uns"? Unter dem neuen Titel „M" und der Versicherung, der Film handele nicht von einem politischen Führer, sondern von einem Kindermörder, kam der Vertrag schließlich zustande. So wie er ein Reflex des Zusammenbruchs der Ordnungen im Ersten Weltkrieg ist, ist Fritz Langs Film nicht nur in seiner Produktionsgeschichte, sondern in hunderten von Details, die sich erst viel später erschließen sollten, voll Anspielungen und Widerscheinen des kommenden faschistischen Unheils.

Diese zeitgeschichtliche Dimension lässt sich nicht ohne weiteres wiedergeben. Der Comic nimmt denn auch kaum jene Elemente auf, die man als bewusste oder unbewusste politische Zitate verstehen konnte, etwa wenn sich Gründgens Schränker in einen Vernichtungsrausch über die Bestie redet, die weg, ausradiert, vernichtet werden müsse. Bei Muth wirft es der Schränker als Ankläger in die Runde, der sich mit Hut, Handschuhen und Schirm als „Gentleman" gibt; bei Lang ist es definitiv eine Inszenierung politischer Rhetorik (und Handschuhe und Stock nehmen in ihrem Fetisch-Charakter die Todesbilder der Nazis vorweg). Umgekehrt zeigt Muth einiges von dem, was Fritz Lang bewusst ausspart, am eindringlichsten wohl im Erscheinen von Beckerts früheren Opfern. Die Graphic Novel ist mehr als der Film auch aus dem Kopf eines wahnsinnigen Mörders heraus erzählt, der von seinen eigenen Taten verfolgt wird.

Dafür ist die ikonographische Verwandtschaft der miteinander geschnittenen Szenen bei den Verbrechern und bei den Polizisten noch näher beieinander: Sie ist bei Lang (wen wundert es), durch die Form des Tisches unterschieden: viereckig bei der Polizei, rund bei den Gangstern. Noch einmal also: Die Umsetzung in den Comic ist hier nicht Vereinfachung, sondern Erweiterung und Ergänzung.

Es gibt also drei Übersetzungsarbeiten: Erstens geht es um die Übertragung eines „Zeit-Bildes" in ein überzeitliches Panorama, das seine Gültigkeit bewahrt. Zweitens wird die klare soziologische, fast dokumentarisch-formale Anordnung in eine subjektivere, metaphysische Erzählweise übertragen, aus einer (gelegentlich) fast kalten Draufsicht bei Lang wird eine Innensicht, die Bildwelt verändert sich hin zu Edward Hopper'scher Tristesse und zu den Stimmungen des Film noir. Muth überträgt seiner Vorlage etwas, das ihr entscheidend gefehlt hat: Mitempfinden, Mitleid.

Im Drehbuch hat der Film 485 Einstellungen; die Graphic Novel besteht aus etwa 380 Panels. Im Gegensatz zu Lang dominieren freilich die Halbnah- und Nah-„Einstellungen", von den wenigen (aber bedeutsamen) atmosphärischen Zwischenbildern der Stadt und der Straße abgesehen, konzentriert sich das Geschehen auf die Gesichter und Blickkontakte, während bei Lang das Arrangement der Gruppe mindestens ebenso entscheidend ist. Auch dies ist ein Teil der „Subjektivierung" des Geschehens, die allerdings auch bei Lang selber schon im Ansatz stattfindet. Erinnert man sich an seine expressionistischen Filme, so gibt es bei diesen die Gegenüberstellung von individuellen Führern und der Masse; ab „M" (unterstützt, wenn auch nicht allein geführt durch den Ton) erkennt Lang in jeder sozialen Gruppierung auch das Individuum. Aber „Bild", das heißt für ihn immer ein Gegenüber. Durch seine verschiedenen Schritte der Bearbeitung

„öffnet" Muth dieses Bild, er macht es uns im wahrsten Sinne „zugänglich". Immer wieder wird bei der Graphic Novel der Blick des „Lesers" mit einbezogen, gibt es gewissermaßen Blick-Dialoge zwischen den Handelnden und den Betrachtenden.

Von ganz eigenem Reiz schließlich ist die Farbdramaturgie des Comics zwischen Grafitgrau und Sepia mit den diversen Farb-Sprenkeln, die regelmäßig aufscheinen: Im Rot des Schattens, des Ballons, des Regenschirms, des Blutes und des Textes. Auch hier begegnen sich das Historische und das Zeitlose. Eben das ist die Stärke der Postmoderne.

VII. SCHICKSAL UND SYSTEM

DAS DREHBUCH ZU „M" entstand in einer Zeit, in der Serienmörder gehäuft aufzutauchen schienen. Neben Haarmann, dem furchtbaren Helden des Kinderliedes, beschäftigten etwa die Fälle Denke und Schumann die Aufmerksamkeit der Öffentlichkeit. Was Fritz Lang interessierte, war vor allem das Muster der Ereignisse, eine Matrix einer gesellschaftlichen Erregung: „Eine fast gesetzmäßig sich wiederholende Erscheinung der Begleitumstände, wie die entsetzliche Angstpsychose der Bevölkerung, die Selbstbezichtigung geistig Minderwertiger, Denunziationen, in denen sich der Hass und die ganze Eifersucht, die sich im jahrelangen Nebeneinander aufgespeichert hat, zu entladen scheinen, Versuche zur Irreführung der Kriminalpolizei teils aus böswilligen Motiven, teils aus Übereifer. Alle diese Dinge, im Film klargelegt, aus den nebensächlichen Ereignissen herausgeschält, schienen mir den Film, den Film der Tatsachenberichte, vor eine Aufgabe zu stellen, die ihn über die Aufgabe der künstlerischen Reproduktion von

Geschehnissen hinauswachsen lässt: zu der Aufgabe, an wirklichen Geschehnissen eine Warnung, eine Aufklärung zu geben, und dadurch schließlich vorbeugend zu wirken wie die Art, mit der ein unbekannter Mörder durch ein paar Süßigkeiten, einen Apfel, ein Spielzeug, jedem Kind auf der Straße, jedem Kind, das sich außerhalb des Schutzes von Familie oder Behörde befindet, zum Verhängnis werden kann" (Lang).

Selbst die Idee, dass sich die Berliner Unterwelt zusammenschließen würde, um den Mörder zu jagen, damit die polizeilichen Pressuren nachließen, stammt aus einem Zeitungsbericht. Langs Film ist also nicht nur extrem zeitbezogen sondern in gewisser Weise sogar „journalistisch". Für das zeitgenössische Publikum war der Film eine Auseinandersetzung einerseits mit einer sehr konkreten Bedrohung, andererseits aber auch mit der Frage nach der adäquaten Reaktion. Ein Problem, das noch nicht gelöst ist.

Das metaphorische Thema des Films wie der Graphic Novel ist die Frage nach dem freien Willen. Sie bricht auf durch die Störung sozialer Systeme. Noch gewichtiger als im Film ist bei Muth die moralische Ambivalenz der Geschichte, der schlichte Umstand, dass alles „stimmt" aber nichts „aufgeht". Während Langs Referenz gewiss die griechische Tragödie mit ihrem ebenso unerbittlichen wie ungerechten Schicksal ist, mag Muth sich in der Tradition des angelsächsischen Romans befinden, der immer tiefer ins „Herz der Finsternis" gelangt. Die griechische Tragödie unterwirft nicht nur die Menschen, sondern sogar die Götter einem Fatum, das weder Gerechtigkeit noch Mitleid kennt. Die einzige Möglichkeit, ihm zu begegnen, ist Größe und Gleichmut. Die „blood poetry" dagegen handelt von einer unendlichen Annäherung an eine Kraft des Bösen.

Das Entscheidende ist: Dies ist kein Comic-Remake des Films, es ist eine Re-Lektüre. Es überträgt nicht nur die Techniken eines Mediums in die eines anderen, sondern es nutzt die Differenz zu einer Interpretation. So nahe also der Comic am Film ist, so eindeutig die Zuordnung der Dialoge und der Szenenabfolge, am Ende erzählt er nicht einmal dieselbe Geschichte. Lang erzählt von einem losgelassenen „Es", das die gesellschaftlichen Kräfte, (die von oben ebenso wie die von unten) mobilisiert, weil dieser Triebmörder — so hat es einst der Kritiker Enno Patalas gedeutet — verrät, „was unter der bürgerlichen Maske steckt".

Und diese Störung offenbart umgekehrt die klammheimliche Ordnung der Gesellschaft, die oben wie unten, innerhalb und außerhalb des Gesetzes herrscht. Eine Mechanik ist in Gang gesetzt, gegen die es nicht wirklich ein Mittel gibt. Am Ende sind alle „schuldig", aber niemand ist verantwortlich (schon weil wir niemandem begegnen, der in der Lage wäre, Verantwortung zu übernehmen). In der Graphic Novel dagegen ist niemand in einem kategorischen Sinne schuldig, aber alle tragen Verantwortung (und wir sehen ihnen zu, wie sie sich ihr zu entziehen versuchen), einschließlich der Leser selbst. Fritz Langs Film, habe ich behauptet, beschreibt den äußeren Untergang der bürgerlichen Welt. Auch nachdem das Monster bezwungen und womöglich, „eliminiert" ist, wird man zu keiner Harmonie und zu keinem Frieden mehr zurück finden. Jon J Muths Graphic Novel bietet dazu eine Innen-Ansicht. Der Untergang, den er beschreibt, ist nicht der historische der Zeit nach dem 1. Weltkrieg. Es ist der Untergang, der immer wieder geschieht. Verflucht aktuell, mit anderen Worten.

BUCH EINS
MORD

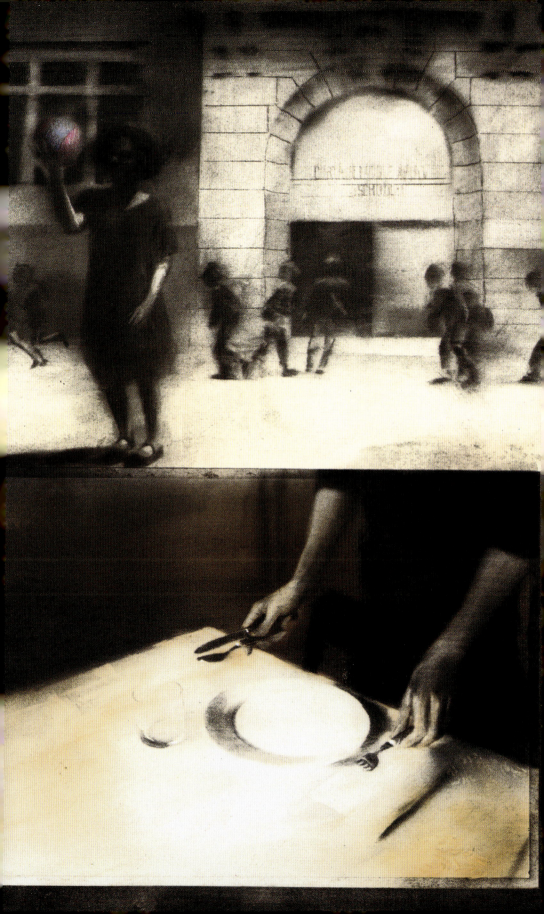

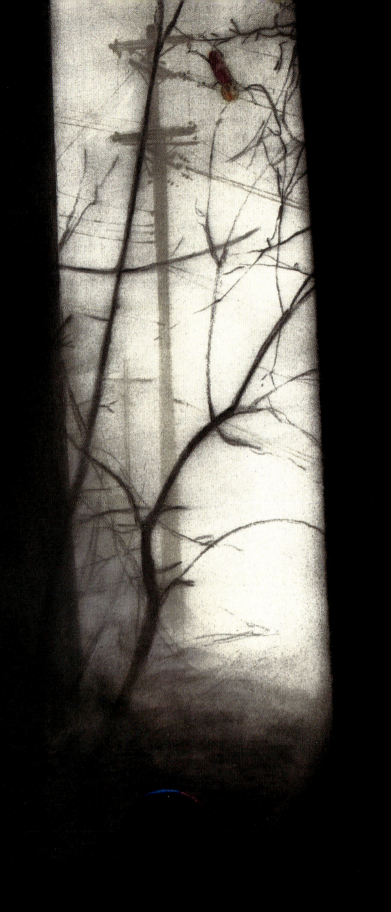

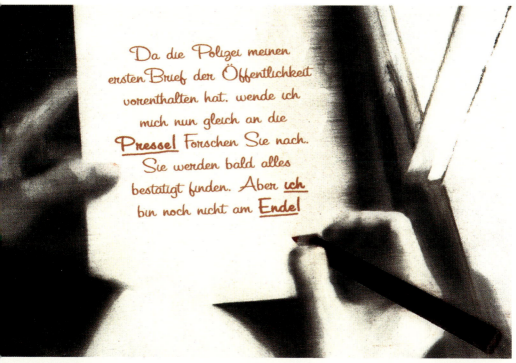

"Aus bestimmten Anzeichen geht hervor, dass auch dieser Mord von demselben Unhold begangen wurde, dem bereits acht Kinder unserer Stadt zum Opfer gefallen sind. Immer wieder muss nachdrücklichst darauf hingewiesen werden..."

„...dass es die heiligste Pflicht jeder Mutter, jedes Vaters ist, mehr als je ihre Kinder vor der Gefahr, in der sie ständig schweben, zu warnen. Um so mehr, als es sich um eine Gefahr handelt, die sich ihnen wahrscheinlich in freundlichster Form nähert. Ein paar Süßigkeiten, ein Spielzeug, ein Apfel kann Verlockung genug sein, um einem Kinde zum Verhängnis zu werden. Die begreifliche Nervosität wird noch dadurch gesteigert, dass die Bemühungen der Kriminalpolizei, des Mörders habhaft zu werden, bisher leider erfolglos geblieben sind. Aber die Polizei steht vor der fast unlösbaren Aufgabe, ..."

„... einen Täter zu fassen, der bisher auch nicht die geringste Spur hinterlassen hat. Wer ist der Mörder? Wie sieht er aus? Wo verbirgt er sich? Niemand kennt ihn. Und doch ist er mitten unter uns."

43

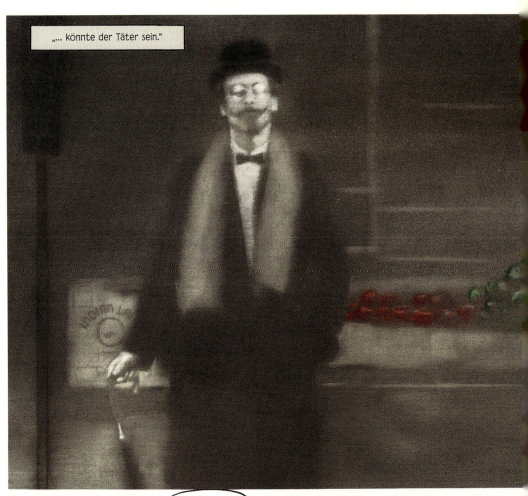

47

49

„Ja, Herr Minister, ich weiß, dass wir schnell Ergebnisse brauchen! Meine Männer arbeiten am Tatort."

„Da wird zum Beispiel hinter einem Zaun in einem Gebüsch eine kleine Papiertüte gefunden. Anscheinend war sie früher mit billigem Konfekt gefüllt. In der äußersten Ecke finden sich noch winzige Splitterchen von Fruchtbonbons und einige Körnchen von buntem Streuzucker."

„Wir haben in einem Umkreis von zwei Kilometern in jeder Konditorei, in jedem kleinsten Kolonialwarengeschäft nach dem Ursprung dieser Tüte geforscht... umsonst. Mit jedem Tag erweitern wir das Fahndungsgebiet. Aber natürlich kann sich niemand nach so langer Zeit an irgend etwas erinnern, das eine verfolgbare Spur ergeben könnte. Trotz all dieser negativen Resultate sind wir gezwungen, weiter zu forschen, weiter zu eruieren, immer ins Ungewisse hinein. Unsere Leute setzen..."

„Was nützt mir das alles! Herr Polizeipräsident, dass Sie nicht faulenzen, das weiß ich... Aber damit schaffen wir die Tatsache nicht aus der Welt, dass ein *unbekannter Mörder* viereinhalb Millionen Menschen terrorisiert... und... und... dass die Polizei, *Ihre* Polizei, versagt!"

„Herr Minister scheinen keine Vorstellung zu haben, mit welchen Schwierigkeiten wir zu kämpfen haben."

Sie haben keene Ahnung!

Mehr wie Sie, Herr!

Die Polizei hat auf der Suche nach dem unbekannten Mörder bisher mehr als 1500 detaillierte Spuren verfolgt. Das gesammelte Aktenmaterial füllt sechzig dicke Bände. Wir haben sämtliche Leute eingesetzt, um das Gelände rings um die Stadt abzustreifen.

Jedes Gestrüpp wird durchsucht, jedes Dickicht durchstöbert, jede Schonung abgetastet; denn hinter jedem Busch, in jeder Kuhle kann ein Gegenstand verborgen sein, der u endlich Material zur Aufnahme der richtigen Spu liefert. Wir haben Polizeihunde aufgeboten. Die besten Spürer sind auf die schwachen Fährten angesetzt worden... Ohne Ergebnisse.

Seit Auftauchen des Mörders hat die Polizei Nacht für Nacht die Obdachlosenasyle kontrolliert und die Insassen einer eingehenden Prüfung unterzogen. Selbstverständlich erhöht dieses Verfahren weder die Beliebtheit der Polizei noch mindert es die Nervosität der Bevölkerung.

Die Überwachung der Bahnhöfe wird ununterbrochen aufrechterhalten. Trotzdem haben die Nachforschungen bis jetzt nicht das geringste Resultat gezeitigt, ebensowenig wie die allnächtlichen Razzien...

„... in den Verbrechervierteln."

RAZZIA

„Wir haben jetzt in jedem Block
einen Mann, vom Müllerweg
bis zur Wernickestraße."

„Gut."

81

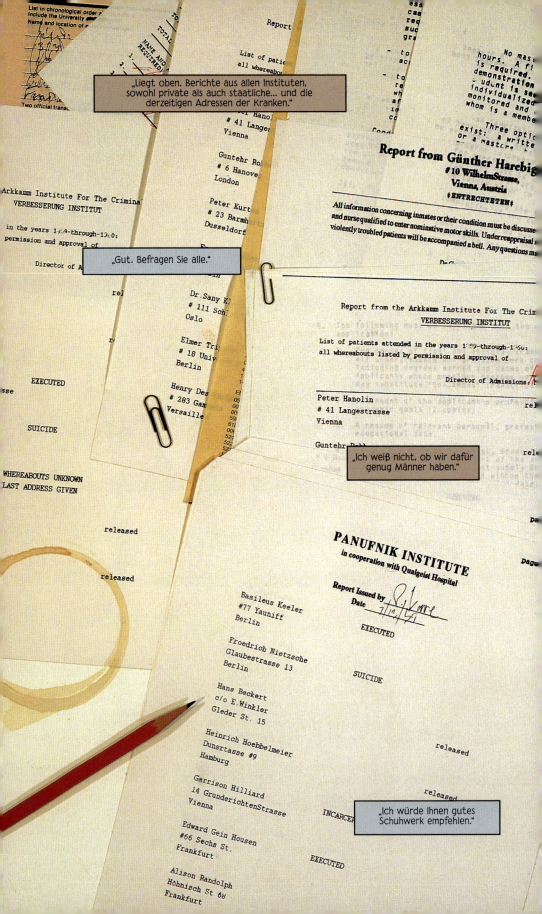

85

Die Wohnung von Hans Beckert. Gleder Straße 15.

„Nummer 23: Beckert, Hans. Hat keine Zeitung abonniert."

„Zwei Tische, beide glatt. Kein Briefpapier. Kein roter Stift. Im Papierkorb, ein Werbeprospekt und eine farbige Postkarte; eine leere Schachtel Zigaretten, Marke Ariston; eine Süßigkeitentüte…"

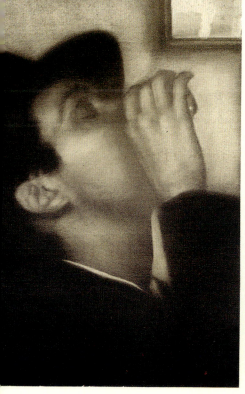

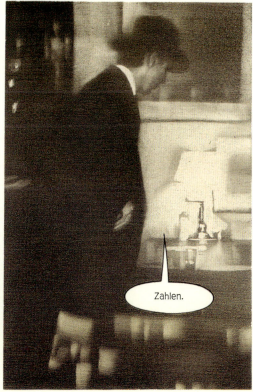

Hauptwache der Polizei.
Fünfter Bezirk - das Büro von
Inspektor Lohmann.

„Halt... Moment mal.
Was war das nochmal vor
den Süßigkeiten?"

Zigaretten.
Marke Ariston?

Ja! Hier ist es.
Die Akte über den Mord
an Marga Perl.

Man hat am
Tatort Zigaretten-
stummel gefunden -
Aristons.

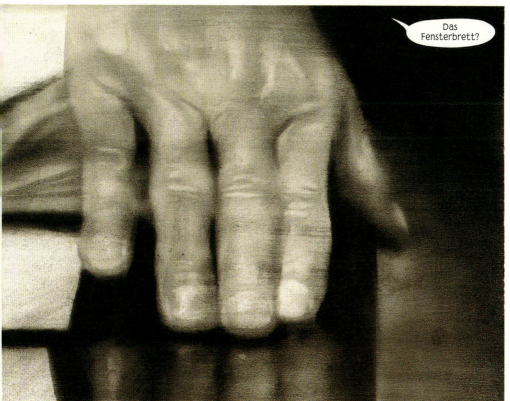

Die Wohnung von Hans Beckert. Gleder Straße 15.

Die Holzmaserung ist durch Regenwasser aufgequollen...

Und hier sind Späne von einem roten Stift!

Also sind wir endlich auf seiner Spur!

BUCH DREI

DIE JAGD

„Er muss irgendwo sein."

„Einer von den Bettler-Jungs hat gesehen, wie er in das Bürogebäude neben den Schienen gegangen ist."

„Sechs Uhr. Die Büros schließen jetzt."

„Wenn er bloß nicht türmt mit den Leuten, die aus den Büros kommen."

„Aufpassen wie die Schießhunde!"

„Die Wohnung von Hans Beckert."

Macht lieber das Licht aus, sonst schöpft er Verdacht, wenn er nach Hause kommt.

Uhrzeit?

Gleich halb sieben.

Ist da jemand?
Hallo? Ist da jemand?
Ach! Bummelei, verflixte Schweinerei. Wegen so 'ner dämlichen Tür...

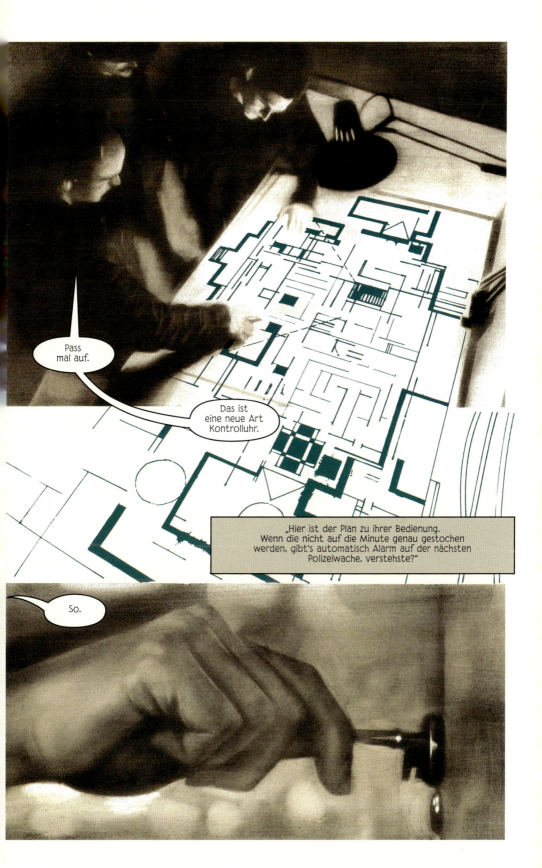

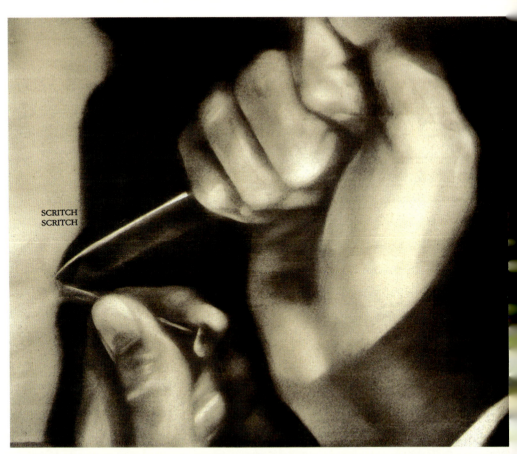

SCRITCH
SCRITCH

SCRITCH
SCRITCH
SCRITCH

Die Wohnung von
Hans Beckert.

Bericht von Inspektor Max Groeber:
„Sie kam im Taxi. Wachtmeister Hansen sah gegen 19.20 Uhr, wie sie
sich dem Hause näherte. Während wir in Beckerts Wohnung warteten,
hörten wir die äußerst laute Türklingel. Frau Winkler öffnete und
sagte der jungen Frau, Herr Becker sei nicht zu Hause.“

„Eva Bache, wohnhaft Mühlteich-Straße 18 – eine Schreibkraft, die im selben Büro wie Beckert arbeitet."

„Sie wirkte etwas nervös und fragte, wann Beckert wiederkommen würde. Frau Winkler meinte, das wisse sie nicht..."

„Daraufhin zog das Mädchen einen Brief aus der Tasche, der an Beckert adressiert war, und gab ihn Frau Winkler. Anschließend machte sie Kehrt und ging wieder. Ich setzte Werner auf sie an. Sie lief hinüber zur Platanenstraße und fuhr im Taxi direkt nach Hause. Sie hat keine Akte bei uns, und auch in keiner Nervenheilanstalt, soweit wir das überprüfen konnten."

Der Inhalt des Briefes lautete:

Lieber Hans,

Ich weiß nicht, was du am Dienstag beim Mittagessen gemeint hast, aber ich habe darüber nachgedacht und bin mir sicher, daß es nicht so schlimm ist, wie du meinst. Ich weiß nicht, was dich bedrückt – daß du manchmal Dinge, Gefühle, Ereignisse erlebst, die du nicht mit dem Verstand in Verbindung bringen kannst? Liegt da das Problem? Wenn ja, dann laß dir gesagt sein, daß der Teil des Geistes, dem man bei der Arbeit zusehen kann, der wertloseste ist... Die Mittagspausen mit dir habe ich mehr genoßen, als du dir vorstellen kannst.

Deine Freundin, Eva

„Bemerkenswert. Glauben Sie immer noch, dass er es ist?"

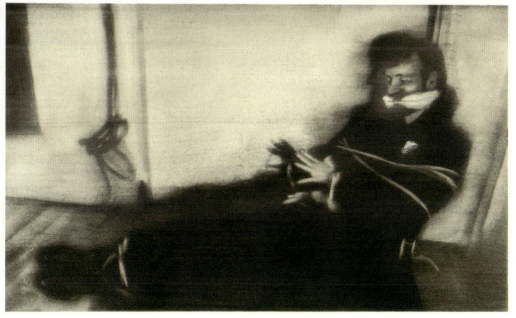

„Das ist im Lecter Eisenbahn-Gebäude. Die versuchen wohl, die Bank im Erdgeschoss auszurauben. Gib Gas!"

BUCH VIER
DER PROZESS

Hier sitzen lauter Sachverständige in Rechtsfragen. Von sechs Wochen Tegel bis fuffzehn Jahre Brandenburg. Du bekommst dein Recht... Du kriegst sogar 'nen Verteidiger.

Geht alles nach Recht und Ordnung.

Verteidiger? ... Verteidiger? Ich brauch keinen Verteidiger. Wer will mich denn anklagen? Ihr vielleicht? *Ihr*?

Man muss halt auf die Kleinen besser aufpassen.

NACHWORT

ÜBER DIE FRAGE KANN MAN SICH NATÜRLICH STREITEN: Warum sollte irgendjemand, in welcher Form auch immer, ein Remake von Fritz Langs „M" machen wollen oder müssen, wenn der Film selbst doch schon ein solcher Klassiker ist? Die unbeantwortete Frage war für mich damals: „Was kann man auf diesem Wege noch Neues entdecken?"

„M" gehört zu der Sorte Film, deren Summe gehaltvoller ist als ihre Teile. Ich habe mich immer schon zu einfachen Geschichten mit komplexen Implikationen hingezogen gefühlt. Solche Geschichten finden sich selten in der Literatur, wohl, weil man sie am Leichtesten missverstehen kann. Moral ist ein konstanter Prozess in uns allen. Alle großen Werke der Literatur dramatisieren diesen Prozess, und er hat mich auch dazu gebracht, „M" als Graphic Novel umzusetzen.

Wenn ich ein Buch illustriere, versuche ich, meine Absichten in allen Facetten des Werks zu reflektieren. Die Illustrationen für Kinderbücher habe ich in Wasserfarbe umgesetzt. Wasserfarben rufen Gefühle wach und wirken zugleich flüchtig. Auf diese Weise scheinen sie perfekt den Alltag eines Kindes widerzuspiegeln.

Im selben Maß wurde auch die grafische Umsetzung von „M" vor siebzehn Jahren von den thematischen Vorgaben diktiert. Das Thema — ein Kindsmörder — ist so brisant, dass es notwendig erschien, dem Leser nicht zu diktieren, was er zu fühlen hat. Die Geschichte nimmt eine Wendung, und das, was man sich offensichtlich als Ergebnis erhofft hatte, ist schließlich nicht ganz so eindeutig, wie man geglaubt hatte. Unsere Wünsche entsprechen nicht notwendigerweise unseren Bedürfnissen. Wenn die Grauzone der Ambivalenz als künstlerischer Ausdruck legitim ist, dann sollten die Illustrationen dieses Anliegen direkt reflektieren.

Die Schwarz-Weiß-Fotografie hat die perfekte graue Ausdruckskraft hierfür. Ich glaube, Sartre hatte Recht, als er Fotografien „Beweiskraft" zusprach. Aber wenn ich Fotos schießen und sie einfach so abdrucken würde, würde die Partikularität der einzelnen Bilder den Leser von der Geschichte distanzieren. Stattdessen war ich damals auf der Suche nach einem künstlerischen Prozess, der zwangsläufig eine objektive Komponente haben sollte. Diesen Prozess wollte ich ins Laufen bringen, um herauszufinden, wie das Ergebnis aussehen würde. Als ich an „M" arbeitete, waren Fotografien dem Ideal eines objektiven Abbilds noch so nahe wie irgend möglich — es gab noch keine digitalen Manipulationsmöglichkeiten, die der breiten Masse zugänglich gewesen wären. Einem Foto war es egal, ob es nun einen Mörder oder einen Regenschirm zeigte.

Alle Szenen in „M" wurden von Menschen dargestellt, die jeweils eine der Figuren spielten. Ich habe den Comic mit Freunden, Familienmitgliedern und Fremden besetzt, Kostüme und Requisiten gesammelt und festgelegt, an welchen Orten ich die jeweilige Szene ablichten würde. Der Großteil des Bandes wurde in Cincinnati, Ohio fotografiert, wo ich aufgewachsen bin. Cincinnati ähnelt einer deutschen Stadt sowohl was Architektur als auch die Einwohner betrifft. Wenn ich die Fotos gemacht hatte, erstellte ich mit ihnen als Grundlage meine Skizzen. Dafür benutzte ich Silberstifte und zeichnete so buchstäblich Tausende von kleinen Linien in Silberfarbe. Dann fügte ich Graphit hinzu, Holzkohlenstaub mit Hilfe eines Pinsels, und malte die Skizzen mit Pastellfarben aus. Im letzten Kapitel, in dem die Geschichte ihren Höhepunkt erreicht, arbeitete ich mit Ölfarbe auf dafür vorbereitetem Papier. Wenn mal ein Foto misslang – sei es, dass es über- oder unterbelichtet oder verwackelt war – dann benutzte ich ein schlechtes Foto als Grundlage für meine Skizzen. Ich korrigierte nichts. Während ich zeichnete und malte, passierte etwas Interessantes. Egal welches Gefühl ein Foto hervorrief, jedesmal, wenn ich es als Zeichnung umsetzte, evozierte die Zeichnung eine andere Bandbreite an Emotionen als das Foto. Das passierte so oder so, obwohl ich versuchte, mich so dicht wie möglich an die Foto-Vorlage zu halten. Die vorherrschende Stimmung des Bandes ist von Trauer, Verlust und Sehnsucht gekennzeichnet. Das war eine Entdeckung, und nicht meine Absicht.

Bevor ich angefangen habe, Kinderbücher zu illustrieren, habe ich zwanzig Jahre lang in der Comic-Industrie gearbeitet. Das Comic-Medium passt zu dem jungen Mann, der ich zum Zeitpunkt der Entstehung von „M" war. Im Comic-Medium gibt es eine ganze Tradition, in der Künstler Themen wie Angst oder Wut oder Verwirrung verhandeln, eine Tradition, die geprägt ist von der Faszination mit der Ungerechtigkeit oder Absurdität der Realität. Der Comic ist wie geschaffen als Ausdrucksmittel für Außenseiter.

Nachdem ich „M" fertig gemalt hatte, wurde mein erstes Kind geboren. Mittlerweile könnte ich mich niemals mehr an einem Band wie diesem versuchen. Eine solche künstlerische Entscheidung würde ich nicht mehr treffen. Als ich Vater wurde, verlor das Wort „Außenseiter" an Bedeutung – es gab kein „außerhalb" mehr für mich. In der Welt zu stehen bedeutete plötzlich etwas grundlegend Anderes, und es war wichtig, über andere Dinge nachzudenken und zu sprechen. In der Jugend sind wir unsterblich, und der Tod ist weit weg. Ich war ein sehr ernsthafter junger Mann, der Themen wie Liebe und Tod und Wahrheit und Schönheit behandeln wollte. Wenn wir älter werden, kommen wir nicht dem Tode näher, sondern dem Leben. Diesen Band hat ein sehr alter junger Mann gemacht. Ich blicke immer noch auf die Liebe, den Tod und die Wahrheit und die Schönheit, aber mit Augen die, mögen sie jetzt auch älter sein, gleichzeitig jünger sind.

Jon J Muth
2007

Auf der Suche nach dem Neuen im Alten –
Fritz Langs und Jon J Muths „M" (1931/1990)

von Jochen Ecke

Populärkultur wird vom Hunger nach dem (verntlich) Neuen bestimmt. Kein Wert wird im Popkurs obsessiver hochgehalten als die Innovation, schnelle Kick durch den kurzlebigen Trend, die ändige Erneuerung. Das mag der Grund sein, um Jon J Muths „M" zunächst für Irritation sorgt: rum macht der amerikanische Maler und Autor das rhaupt, ein (auf den ersten Blick) streberhaft vorngetreues Remake von Fritz Langs Film „M" (1931) Form einer *Graphic Novel*? Während im Theater und Konzertsaal die immer neue Aufführung und erpretation von Klassikern die jeweiligen Kunstmen beinahe schon grundlegend auszumachen eint, haftet Neu-Erfindungen von kanonisierten :ten in den reproduzierbaren Massenmedien wie n Film und dem Comic immer noch der Ruch der nötigen Wiederholung an. Der stille Vorwurf, der ei oft mitzuschwingen scheint: Warum verwehrt s der sonst so verehrte Künstler den *Pop Thrill* des uen? Und: Warum ein Remake, wenn das Original m zu übertreffen ist?

I. Fritz Langs „M" (1931):
Eine kurze Wirkungsgeschichte

nz ähnlich verhält es sich im Falle von Muths Coc-Fassung von „M". Auch hier steht die Vorlage f einem derart hohen Sockel, dass sich die meisten instler wohl eher ungern dem Vergleich mit einem renommierten Stück Weltkulturerbe aussetzen würn. Das Renommée des Films beruht dabei auf drei ls sehr unterschiedlichen Lesweisen. Zum einen ist {" fraglos einer der großen Klassiker des deutschen nos und nimmt im Diskurs über die (Film-) Kulr der Weimarer Republik einen zentralen Platz ein. m anderen hat „M" aber längst auch in der intertionalen Kinogeschichte eine mindestens ebenso wichtige Position inne. Seit Siegfried Kracauers behmter Aufarbeitung des deutschen Vorkriegs-Films it dem programmatischen Titel *Von* „Caligari zu Hit-·" (1947) grassieren zwar (national-)psychologische

Deutungen von „M", aber die Forschung hat längst eingesehen, dass man diese Perspektive nur als verkürzend ansehen kann. „M" wird entsprechend heute als wichtiger Wendepunkt in der Karriere von Fritz Lang kurz vor der Emigration in die USA gesehen, als ein „Scharnierfilm" (Tom Gunning), der in Langs Vergangenheit im Weimarer Kinowurzelt, gleichzeitig aber auch auf die 1931 aktuelle Strömung der Neuen Sachlichkeit und schließlich in Langs Zukunft im Studiosystem Hollywoods verweist. Vor allem aber hat man in *M* heute den formal wie inhaltlich ungeheuer radikalen Urahn einer ganzen Dynastie von Kriminalfilmen und –serien erkannt, die sich von Jules Dassins „The Naked City" (1948) über die amerikanische Reihe „Dragnet" (1951) und das deutsche „Stahlnetz" (1958) bis in die Gegenwart erstreckt.

Durch die ganze Filmgeschichte hinweg zeigten sich so Krimiautoren und -regisseure fasziniert von Langs Idee, man könne das in diesem Genre schon immer implizite Gesellschaftsportrait zum eigentlichen Thema des Films machen. Spannung entsteht in „M" nämlich ganz und gar nicht mehr aus der zentralen Frage des klassischen Kriminalfilms und –romans, die bis zu diesem Zeitpunkt meist lautete: „Wer hat den Mord begangen?" An die Stelle dieser Frage treten nun für Filmemacher und Publikum ganz andere Erkenntnisinteressen, nämlich: *Wie* wird der Schuldige gefasst? *Wer* treibt den Fall voran, das heißt, welche Bevölkerungsgruppen (nicht mehr: welche Individuen)? Und vor allem: *Warum* haben diese sozialen Schichten ein Interesse daran, das Verbrechen aufzuklären?

II. „Von „M" zu Hitler":
Schlaglichter auf den historischen
Kontext des Films

Trotz – oder möglicherweise gerade wegen – dieser beeindruckenden Wirkungsgeschichte, die hier nur angerissen werden kann, hat sich kein Filmemacher bisher an ein *tatsächliches* Remake von „M" gewagt. Der amerikanische Maler und Autor Jon J Muth geht diesen Schritt 1990 dennoch furchtlos. Dass dieses Unternehmen ökonomisch überhaupt gangbar war, ist wohl der Verfasstheit des amerikanischen Comic-Marktes zu dieser Zeit zu verdanken. 1990 ritt Muth noch auf einer Graphic Novel- und Independent-Welle, die von Titeln wie Art Spiegelmans Pulitzer-Gewinner „Maus" (1986/1991) losgetreten worden war. Das allein erklärt aber die Entscheidung für eine Comic-Fassung von „M" gewiss nicht. Vielmehr muss die Fragestellung sein: Worin muss der Künstler das Potential in dem Stoff gesehen haben, um „M" trotz aller Vorlagentreue seinen Stempel aufzudrücken und dem damals schon sechzig Jahre alten Szenario auf diese Weise neue Erkenntnisse zu entlocken? Und was für Erkenntnisse sollen das überhaupt sein?

Eben gerade die Tatsache, dass Muth ein zum damaligen Zeitpunkt schon sechzig Jahre altes Drehbuch als Grundlage für seinen Comic nutzt, scheint einen wichtigen Hinweis für eine mögliche Beantwortung dieser Frage zu liefern. Der amerikanische Künstler handelt 1990 aus einer völlig anderen historischen und persönlichen Situation, die seine Sicht auf Langs Film deutlich prägt. Um diese Differenz aber benennen zu können, muss man zunächst verstehen, wie „M" zur späten Weimarer Zeit und auch noch Jahrzehnte danach aufgenommen wurde. In vielerlei Hinsicht sah man in Langs Film 1931 zunächst die zeitnahe Verarbeitung tagesaktuellen Geschehens. Auch heute noch schreiben viele Kritiker „M" quasi-dokumentarischen Charakter zu, wenn auch weit weniger vehement. Siegfried Kracauer und seine Nachfolger beispielsweise sehen in dem Film vor allem die gesellschaftliche Dynamik der späten Weimarer Republik repräsentiert. In der Vielstimmigkeit, die Lang darstellt, meinen sie eine Gemeinsamkeit zu entdecken: „M" lege Zeugnis ab über ein deutsches Volk, das sich ganz wie Peter Lorres Figur des Kindermörders nicht dem „bösen Trieb", dem Drang zur Regression widersetzen kann, in deren „Fahrwasser [...] schreckliche sadistische Ausbrüche unvermeidlich sind."

Als erwiesen kann man ansehen, dass Lang und von Harbou ein repräsentatives Stimmungsbild der damaligen deutschen Gesellschaft zeichnen und sich dabei wiederholt bei den Schlagzeilen der frühen 1930er Jahre bedienen. Die große Neuerung an „M" ist aber, dass Lang und von Harbou nicht mehr wie in den früheren Arbeiten rein kolportagehaft vorgehen. Einen Film wie Langs „Spione" (1928) kann man durchaus noch als bewusste Fortsetzung des hektischen modernen Lebens auf der Leinwand lesen. Atemlos folgt

Sensationswert auf Sensationswert; tatsächliche hi___ rische Ereignisse werden vor allem auf ihr Spannu___ potential hin ausgeschlachtet. Mit „M" ändert sich ___ Lang'sche Ansatz allerdings spürbar, verdunkelt ___ - und offenbart im gleichen Zug einen profunden ___ sellschaftlichen Pessimismus. Schon das Thema, ___ sich Lang und von Harbou dieses Mal aus den Sch___ zeilen greifen, eignet sich nicht mehr für eine re___ Action- und Spannungsgeschichte: Wie Anton K___ und zahllose andere Kommentatoren schreiben, h___ te die Weimarer Republik nur wenige Monate vor ___ Premiere von „M" am 11. Mai 1931 eine ganze W___ von Kindsmorden erlebt.

Fritz Langs neue Tendenz zur distanzierten Auf___ reitung realer Gegebenheiten macht dort aber lä___ nicht halt. Die Darsteller in diesem ersten Tonfilm ___ Regisseurs nuscheln, berlinern, sind oft erkenn___ Laien. Ganz im Stil der Neuen Sachlichkeit sind a___ die Filmbauten möglicherweise sogar noch schmu___ freier und grauer als im Original – ein deutlic___ Kontrast zur pompösen Kunstwelt der „Nibelung___ (1924) oder von „Metropolis" (1927). Mit ande___ Worten: Lang flirtete fraglos wie zahlreiche and___ bedeutende Regisseure mit der Bewegung der Neu___ Sachlichkeit, die vor allem die Arbeit der bildend___ Künstler der Weimarer Republik zu diesem Zeitpu___ bestimmte. Ganz verschreiben mochte er sich de___ Doktrin aber nicht, erbarmungslos objektiv mit d___ abzubildenden Realität umzugehen. Das beweisen b___ spielsweise die nach wie vor expressionistische Lich___ setzung gerade in der zweiten Hälfte von „M".

III. Jon J Muths „M" (1990): Eine thematische Annäherung

Aber wie relevant sind all diese Facetten für die C___ mic-Adaption? Hier kommt die Frage nach der hist___ rischen Differenz zwischen Fritz Lang und Jon J Mu___ wieder ins Spiel. Die spezifische gesellschaftliche D___ namik der Weimarer Republik ist für den Amerik___ ner 1990 irrelevant. Und mit (halbwegs) kohärent___ künstlerischen Bewegungen wie der Neuen Sachlic___ keit hat ein Maler am Ende des 20. Jahrhunde___ auch nicht mehr viel am Hut. Trotz alledem mu___ man Muths „M" einen ähnlichen Scharniercharakt___ zuschreiben wie dem Original. Einerseits kann ma___ in der Graphic Novel ein Produkt der ausklingende___ Postmoderne sehen; andererseits verweist der Com___

ich wie im Falle Langs mehr als deutlich in eine
ewisse künstlerische Zukunft.

Versuchen wir uns also an einer kulturhistorischen
ordnung dieses kuriosen Comic-Remakes. Tat-
lich erscheint beim ersten Durchblättern die Zu-
ßrigkeit zu gewissen postmodernen Strömungen
ausgehenden 1980er Jahre noch eindeutig. Auch
Muth hatten sich Künstler in dieser Zeit immer
ler auf das klassische Kino der 1930er und 1940er
re zurückbesonnen. Die nostalgische Aufbereitung
klassischen *Film Noir* beispielsweise war allerdings
st von Ironie, dem Spiel mit Genre-Konventio-
und Nostalgie geprägt. Explizite Remakes gab es
m – eher ein *Sampling* von Versatzstücken aus allen
glichen Klassikern wie in Lawrence Kasdans „Body
t" (1981). Auch Muth zeigt in „M" noch Spuren-
nente dieser *Anything Goes*-Mentalität und bedient
am kulturellen Archiv des 20. Jahrhunderts wie
einem Baukasten. Seine Stadtansichten zum Bei-
l schwanken zwischen europäischer und amerika-
her Moderne und wollen dabei gar keine kohären-
inheit bilden. Muth weist so immer wieder auf das
chige, das Collagenartige seiner Panels hin.
Dennoch erscheint die Auseinandersetzung mit
Vergangenheit im Comic über weite Strecken al-
andere als nostalgisch oder gar beliebig. Muth mag
nur nicht mit der explizit *deutschen* Vergangenheit
einandersetzen, die in „M" eben auch festgehalten
Er tritt stattdessen zum einen in den Dialog mit
Kunstgeschichte, um genau zu sein: mit den mo-
nistischen Erzählstrategien von Langs Film; und
anderen mit der Befindlichkeit der Moderne, der
uer über den Verlust eines moralischen Konsens'
d dem Gefühl diffuser Angst vor dem Mitmenschen.
stellt so das unterschwellig schon immer vorhande-
Potential an schierer Verzweiflung in Langs Erzäh-
g aus, und zwar so weit, wie Muth schreibt, bis die
aphic Novel in jedem Panel nur noch von „Trauer
d Verlust und Sehnsucht" zu erzählen scheint.
Statt der Verarbeitung einer konkreten histori-
en Situation erkennt der Comic-Künstler in „M"
lem vor allem die Verhandlung zeitloser morali-
er Fragen. Er begeistert sich dafür, dass Lang und
Harbou zwar eine unüberschaubare Zahl von Hal-
gen zu dem Kindsmörder Hans Beckert darstellen,
ei aber großen Wert darauf legen, selbst keine Po-
on für eine der Parteien zu beziehen. Stattdessen
isentieren die Autoren des Films in Muths Worten
Suche nach der Moral hinter der Verbrechens-
kämpfung als „konstanten Prozess", der zumindest

innerhalb der Erzählung nie zu einem Halt gebenden
Ergebnis führt. In „M" werden stattdessen alle Gesell-
schaftsschichten und Institutionen in ihren Motiva-
tionen hinterfragt, und zwar so lange, bis man keinem
mehr Recht geben oder gar vertrauen mag. In küh-
nen Montagen, die Muth beinahe restlos übernimmt,
scheinen Verbrecher und Gesetzeshüter einander die
Sätze zu beenden; scheinen, obwohl sie eigentlich
räumlich voneinander getrennt sind, denselben Raum
einzunehmen und am selben Tisch zu sitzen. Wer an
diesem ebenso konkreten wie metaphorischen Tisch
einen Platz hat, der jagt einen Mörder nicht, weil er
Unrecht getan hat. Im Gegenteil: Die Polizei verfolgt
den Kinderschänder nur mit Nachdruck, weil politischer Druck ausgeübt wird; die Verbrecherklüngel
Berlins dagegen sind allein deswegen auf seiner Spur,
weil der Gesuchte ihre Geschäfte stört. Für Lang, davon erzählen diese Schnittfolgen, besteht zwischen
beiden Parteien kein Unterschied.

Muth übernimmt diese Montagen bis auf wenige
Kürzungen vollständig. Wenn er kürzt, dann meist,
um spezifisch deutsche Momente zu entfernen – so
beispielsweise eine klar satirische Wirtshaus-Szene
zu Beginn. Eine andere signifikante Kürzung scheint
die Auslassung von Langs virtuoser Plansequenz, die
in einer einzigen Einstellung den damaligen Berliner Bettlermarkt darstellt. Der Verlust ist wohl Muths
Desinteresse an den neusachlichen Momenten des
Films geschuldet. Für den Amerikaner scheinen solche Abschweifungen nur von dem abzulenken, was er
als den thematischen Kern von „M" wahrnimmt: die
Eliminierung der Moral als Handlungsanstoß in der
modernen Gesellschaft.

Das soll aber keinesfalls heißen, dass Comic und
Film von einem *Ende* der Moral erzählen. Im Gegenteil, gerade die Abwesenheit moralischen Handelns
verweist auf seine unbedingte Notwendigkeit. Nur
scheint keiner der Protagonisten mehr fähig, die Hel-
denrolle übernehmen zu können. Obwohl Kritiker
immer wieder eine oder mehrere zentrale Figuren
bestimmen wollen, bleibt „M" so ein Film (und ein
Comic) ohne einen Protagonisten, der durch sein
Handeln wieder ein moralisches Gleichgewicht her-
stellen könnte. Das zeugt einerseits von der radikal
pessimistischen Haltung Langs; andererseits verweisen die Erzählstrategien von Regisseur und Comic-
Künstler aber auch auf eine Heldenfigur, die außerhalb der Fiktion steht: den Zuschauer oder Leser. Wie
Frieda Grafe schreibt, nutzt Lang das visuelle Medium
nämlich immer wieder, um „die Disposition [...] des

Zuschauers vor der Leinwand [oder eben dem Comic!] zu doppeln." Sieht man den Film oder schlägt man die Graphic Novel auf, wird sofort klar, was Grafe damit meint. Lang und Muth inszenieren praktisch nur Totalen, lassen fast nie zu, dass wir uns mit einem der Protagonisten in der Nah- oder Großaufnahme identifizieren können. Stattdessen sehen wir wiederholt große Menschenansammlungen, die genauso wie wir als Zuschauer des Films oder Leser des Comics Zeugen der Ereignisse werden. Immer wieder werden von dieser Menschenmasse Unschuldige für den Kindermörder gehalten; und in den letzten Szenen des Films steht schließlich Hans Beckert selbst vor einem illegitimen Volkstribunal. In der Konfrontation mit den Kindsmorden wird das Publikum in Film und Comic dabei ausnahmslos zum faschistischen Lynchmob. Auf diese Weise zeigt Lang nicht nur, wie Grafe schreibt, „in welchem Maß Schaulust […] zum Motor menschlicher Beziehungen geworden ist." Wir dürfen als Leser/Zuschauer auch unsere eigene Reaktion auf die Hatz nach dem Kindsmörder gegen die Hysterie des fiktiven Publikums abgleichen. Daraus spricht eine Hoffnung auf eine pädagogisch-aufklärerische Wirkung von Kunst, die man in der generellen Desillusionierung der Postmoderne eigentlich schon ganz zynisch abgelegt hatte. Auch in diesem Sinne ist Muths Adaption von „M" Indikator einer Neuorientierung, weg von Ironie, Nostalgie und Beliebigkeit. Als Motivation für ein Remake mag uns das aber immer noch nicht genügen, beschreibt die Feststellung ähnlicher thematischer Obsessionen bei Lang und Muth doch nur Aspekte, die im 1931er Film sowieso schon immer vorhanden waren. Als Nächstes müssen wir also fragen: Was fügt Muth dem Komplex „M" hinzu?

IV. Jon J Muths Ergänzungen:
Neue Perspektiven auf den Kindermörder

Legt man Comic und Film zur Beantwortung dieser Frage Einstellung für Einstellung und Panel für Panel nebeneinander, wird schnell klar, dass es mit Muths Vorlagentreue jenseits des meist wörtlich übernommenen Dialogs doch nicht so weit her ist. Der Comic-Künstler deutet Langs Bilder um, kürzt, montiert gänzlich anders, findet eigene visuelle Metaphern und einen vom Original völlig losgelösten Rhythmus. Generell offenbart sich bei solch näherer Analyse nur noch eindringlicher Muths Programm, entschieden gegen die neusachlichen Tendenzen des Originalfilms

zu arbeiten. Deutlich wird das beispielsweise, w man Muths symbolisches System in der Graphic N näher untersucht. Lang hatte sich 1931 von der Sym lik seiner früheren Filme weitestgehend verabschie Schon in den „Spionen" nahm die Metonymie i Platz ein – ein modernistischer Bau stand ab die Zeitpunkt alles andere als abstrakt für die gesamte derne Architektur. Oder anders gesagt: Ein gedec Küchentisch ist in Langs „M" ein gedeckter Küch tisch. Auf Muths Küchentisch dagegen steht ein mit rotem Saft. Nach und nach rinnt ein Tropfen Saftes die Seite des Glases hinunter, bis die Flüssig schließlich die weiße Tischdecke rot einfärbt. D die kleine Elsie Beckmann schon tot, und der Tr bensaft ist ihr Blut. Immer wieder ergänzt Muth diese Weise Symbole, wo im Original keine sind.

Zudem finden sich auch zwei völlig neue Szene der Graphic Novel, wenn man genau hinsieht. B Momente scheinen bei oberflächlicher Betracht nur hinzugefügt, um neue Perspektiven auf den M der Hans Beckert zu eröffnen, erweisen sich bei nauerem Hinsehen aber als äußerst ergiebig für Definition von Muths Adaptionskonzept. Zunä muss festgehalten werden: Der Autor/Maler mach den beiden ergänzten Momenten nicht den Feb Beckert selbst auftreten zu lassen, denn das würde Konzept von Lang und von Harbou verwässern. Kritiker immer wieder festhalten, ist der Kindsm der als Leerstelle konzipiert. Er darf sich erst am E des Films und der Graphic Novel vor dem Tribu der Gaunervereinigung zu seinen Verbrechen äuße weil er bis dahin eigentlich nur als widersprüchlic Konstrukt von Gesellschaft und Leser in Erschein tritt. Beckert ist also, in den Aussagen der unt schiedlichsten Figuren, wechselnd ein „Unhold", „schwer pathologischer Mann", eine „Bestie, die a gerottet werden muss" – und bei Muth eben auch „liebe Hans". So nennt ihn seine Arbeitskollegin in einem Brief, den sie Beckerts Vermieterin abg Diese Erfindung Muths eröffnet eine radikal n Perspektive auf Beckert, die noch über Langs Konze tion hinausgeht. Denn möglicherweise kann man d Kindsmörder somit nicht nur als psychisch Krank wahrnehmen, der in einer Nervenheilanstalt beha delt werden muss, anstatt im Gefängnis zu landen – ist sogar vorstellbar, dass man Mitleid mit ihm hab und, wie Eva schreibt, „die Mittagspausen mit ihm g nießen" kann. Selbst ihn zu lieben scheint nicht aus geschlossen.

Muths zweite Ergänzung ist ähnlich geschickt a

gt und arbeitet gegen Ende des Szenarios den
pektivwechsel hin zur Offenbarung der (Selbst-)
rnehmung Beckerts sehr clever heraus. Der Co-
-Künstler erzählt hier auf zwei Seiten und in fünf
els eine Halluzination des Kindermörders. Wir
n aus seiner Subjektiven, wie eines der getöteten
chen aus einem dunklen Treppenhaus auf seinen
der zukommt. Das Kind trägt die Tatwaffe in der
d, seine Kehle ist aufgeschlitzt, das weiße Kleid
er Blut. Muth kennzeichnet die Panels auf vielerlei
se als den alptraumhaften Blick Beckerts − durch
oppressiven, finsteren Konturen und schiefen
kel des Treppenhauses; durch die Schemenhaf-
eit des Mädchens, das gespenstisch von unten be-
htet wird. Um aber vollends zur Subjektiven zu
den, das gilt sowohl im Kino als auch im Comic,
arf es des Gegenschusses auf den Wahrnehmenden.
liefert uns Muth auch im fünften Panel, aber das
l schafft nicht die erhoffte Klarheit. Denn zum ei-
scheint sich Beckert wie in einem Spiegel selbst
usehen; und zum anderen starren ihn etliche sche-
hafte Gestalten ihrerseits an. Man muss also den
luss ziehen, dass auch hier wieder eine Vervielfäl-
ng des Blicks stattfindet. Vier Wahrnehmungsebe-
treffen aufeinander: Die Sicht Beckerts auf sein
nes Inneres, in dem er selbst und sein Opfer ver-
melzen; sein subjektiver Blick auf das Tribunal, das
erwartet und dessen Realität die Selbstreflexion zu
rlagern beginnt; unsere Perspektive als Leser auf
dies − und schließlich der Blick des Tribunals auf
Mörder. Wenn man genau hinsieht, dann sehen
Richter auch uns als Betrachter des Panels an.
In einem Bild kulminieren hier also alle Perspek-
n auf den Mörder, die Muth bisher etabliert hat.
nauso wie Lang macht er mit der erschlagenden
hsten *Splash Page* deutlich, dass nun nicht nur Bek-
t vor Gericht steht, sondern auch der Leser, der
ne eigenen Schlussfolgerungen aus den bisher dar-
otenen Perspektiven ziehen muss. Vor allem aber
d spätestens mit dieser letzten Ergänzung klar, wie
fassend Muths Ablehnung der neusachlichen Ten-
zen von Langs Film ist. Für Muth gibt es keinen
jektiven Blick auf die Realität − nur ein unent-
rbares Kneuel individueller Perspektiven und wi-
sprüchlicher Wahrnehmungen. Das Medium, um
se Gleichzeitigkeit unterschiedlichster Perspektiven
zustellen, hätte sich Muth dabei kaum geschickter
hlen können. Zwar wäre ein Bild wie dieses letzte,
wirrende Panel auch durch Mehrfachbelichtungen
Film umsetzbar, aber im Comic kann es in seiner

Komplexität erst seine maximale Wirkung entfalten.
Denn wir können es, umgeben von den ebenso wichtigen anderen Panels auf der Doppelseite, so lange betrachten wie wir wollen.

V. FOTOGRAPHIE, MALEREI, FILM, COMIC:
VIER MEDIEN IM DIALOG

Nicht nur hier liegt eine entscheidende Differenz
zwischen Film und Graphic Novel, die grundlegend
vom Trägermedium ausgemacht wird. „Das Comic-
Medium passt zu dem jungen Mann, der ich war, als
ich „M" gemacht habe," schreibt Muth abermals im
Nachwort. „Als Medium ist es wie geschaffen als Ausdrucksmittel für Außenseiter." Damit benennt Muth
die zentrale Subjektivität des Comic-Mediums: die
des Künstlers. Dass „M" − als Film, aber insbesondere
als Comic − noch eine Vielzahl anderer Subjektivitä-
ten verhandelt, haben wir bereits nachgewiesen. Worin aber besteht die besondere Eignung des Comic-
Mediums zur Darstellung von Subjektivität, die Muth
hier ganz intuitiv benennt? Mit Michel Foucault und
Thierry Groensteen könnte man behaupten, dass sie
im „Pro-Graphischen" liegt, also dem, was vor dem
ersten Zeichenstrich vorhanden ist. Das unterscheidet sich ganz gewaltig vom „Pro-Filmischen". Vor der
fotographischen Operation im Film steht immer eine
irgendwie geartete Realität − Objekte und Lebewesen,
die tatsächlich existieren und auf die eine Kamera
gerichtet wird. Comic-Panels dagegen entstehen aus
einem mentalen Bild, das der Zeichner vor sich hat,
und sind somit viel deutlicher das Produkt einer individuellen Imagination.

Dass der Maler Fotographien als Grundlage für
seine Comic-Panels benutzt, muss man dabei als klassische falsche Fährte betrachten. Denn paradoxerweise werden die Fotos im Prozess des Nach-Malens
erst recht zu unzuverlässigen Abbildungen. Oder wie
Muth selbst schreibt: Die gemalten Panels vermitteln
gänzlich andere Gefühle und Stimmungen als die zu-
grundeliegenden Fotos. Denn in Muths malerischem
Prozess verlieren die fotographischen Abbilder von
Orten, Gegenständen und Lebewesen ihre klaren
Kanten. Die Grenzen zwischen Figuren und Gegenständen verwischen − die Demarkationslinien, die für
die Neue Sachlichkeit so essentiell waren. Alles im
Panel wird damit zum Ausdruck einer mal klar be-
nennbaren, dann wieder verstörend unbestimmbaren
Innerlichkeit.

Auch in Fritz Langs Film finden sich Szenen, in denen auf ähnliche Weise die Schranken zwischen Innen und Außen aufgehoben sind. Während Lang aber seine Bildeffekte sparsam einsetzt, macht Muth diese Strategien der Veräußerlichung von inneren Zuständen zum zentralen Konzept seiner Graphic Novel. Die radikale Subjektivierung macht dabei auch vor der Raumdarstellung nicht halt. In Langs „M" könnten die räumlichen Verhältnisse klarer nicht sein. Anhand der Kameraoperationen im Film könnte man bisweilen sogar akkurate Grundrisse der Bauten zeichnen. Das Comic-Medium seinerseits böte aufgrund der simultanen Sichtbarkeit aller Panels sogar die Möglichkeit, räumliche Bezüge noch klarer und übersichtlicher darzustellen. Muth tut das Gegenteil. In seiner Graphic Novel zerfasert die Raumdarstellung in diffuse, unverbundene Momentaufnahmen – weiße Wände ohne Merkmale, die als Orientierungshilfe dienen könnten, dunkle Korridore, verwaschene Konturen. Das Bürogebäude, das Hans Beckerts Gefängnis wird, gerät Muth so zum alptraumhaften Labyrinth, in dem nicht nur der Kindermörder verloren scheint, sondern auch die Gauner, die nach ihm suchen. Damit geht das ursprüngliche *Suspense* der Parallelmontage praktisch völlig verloren; die letzten Überbleibsel des Spannungs- und Sensationsfilms werden von Muth sorgfältig getilgt. Übrig bleibt die Angst, die Verstörung, das Verlorensein. Die Subjektive.

VI. Schlussfolgerungen: Vom Sinn und Unsinn von Remakes

Worin liegt also der Erkenntnisgewinn, wenn wir Langs und Muths „M" nebeneinander legen? Man könnte sagen: Im Spannungsfeld zwischen Graphic Novel und Film erhalten die beiden Interpretationen desselben Drehbuchs klarere Konturen, erhellen sich in ihrer Differenz gegenseitig. Wir erfahren beispielsweise mehr über die Themen von Film und Comic — gewinnen vielleicht sogar eine Lesart modernistischer Verzweiflung, die zwar von der Kulturwissenschaft im Nebensatz schon oft konstatiert, dann aber doch wieder von film- und genrehistorischen ebenso wie von psychologischen Interpretationen überdeckt worden ist. Für Muth dagegen gibt es keine wichtigere als diese universelle, quasi a-historische Auslegung des Filmstoffes. Gleichzeitig lässt sich Langs formales Filmkonzept im Kontrast umso deutlicher bestimmen. Im Vergleich mit Muths Labyrinthen sehen wir zum

Beispiel die präzise Raumdarstellung der Kinofas... mit größerem Bewusstsein, weil uns von Muth... monstriert worden ist, was ihre Abwesenheit bed... ten kann. Auch die wechselseitige Bedingtheit von... und Kunsttheorie macht der Medienwechsel tran... renter. Wir erkennen so, was den amerikanischen... mic-Künstler an Langs Film am meisten gestört ha... muss: das Nebeneinander von Expressionismus... Neuer Sachlichkeit, also zweier Tendenzen, die wi... sprüchlicher kaum sein könnten. Und schließlich... auch der Medienwechsel weit reichende Folgen, z... deutlich von den Eigenheiten und Vorteilen von... und Comic, die sich in ihrem Potential zur Subje... vierung, besonders aber in ihrer Zeitdarstellung n... radikaler voneinander unterscheiden könnten.

Denn die Bilder auf der Comic-Seite sind n... vergänglich wie die 24 Fotografien, die uns im... pro Sekunde gezeigt werden. Die Panels einer Gra... Novel gewinnen eine zeitliche Abfolge nur im K... des Lesers. Gleichzeitig aber vergehen sie nicht.... bleiben auf der Seite, so wie für den Comic-Küns... die Themen von Fritz Lang „M" ewig bleiben, die a... die großen Themen der Moderne sind. Jon J M... erinnert sich 1990 nicht nur an sie, sondern hält... auch in einem Medium fest, das es unmöglich ma... sie zu ignorieren. Da liegt sie unverrückbar vor u... die Frage nach dem Individuum in der Massen... sellschaft; die Frage nach der Moral; die quäle... Einsamkeit. Keine dieser Fragen mag einfach an... vorüberziehen wie im Film. Jon J Muth will am E... der 1980er Jahre beides von uns: Wir sollen umb... tern, seine Geschichte lesen. Wir sollen uns aber a... daran erinnern, dass die Fragen der Moderne imr... noch unbeantwortet sind. Kein Medium, das zeigt... Muth vor allem anderen, wäre besser geeignet als... Comic, um diese Gegenwart der Vergangenheit d... zustellen.